angie Schneider

mission FUTURa

im auftrag der imB

novum ◣ pro

Bibliografische Information
der Deutschen Nationalbibliothek:

Die Deutsche Nationalbibliothek
verzeichnet diese Publikation in
der Deutschen Nationalbibliografie.
Detaillierte bibliografische Daten
sind im Internet über
http://www.d-nb.de abrufbar.

Gedruckt in der Europäischen Union
auf umweltfreundlichem, chlor- und
säurefrei gebleichtem Papier.

© 2024 novum Verlag

ISBN 978-3-7116-0109-4
Lektorat: Emma J. Dharmaratne
Umschlag- & Innenabbildungen:
Angie Schneider
Umschlaggestaltung, Layout & Satz:
novum Verlag

www.novumverlag.com

MISSION FUTURA

(Name der Marsmission 2051, bei der die heutigen Siedler
des Habitat 2 zum Mars flogen)

IM AUFTRAG DER IMB

(Internationale Marsbehörde)

Im Jahr 2077

INHALTSVERZEICHNIS

DIE REISE
ZUM ROTEN PLANETEN

Seit Monaten fliegt das Raumschiff ruhig und ohne auch nur die kleinste Kursabweichung auf sein Ziel zu: einen leuchtenden Punkt, da wo der Horizont sein müsste. Doch im All gibt es keinen Horizont. Es gibt kein Oben und kein Unten und Zeit scheint es auch nicht zu geben. Es ist schwer zu sagen, ob gerade Tag oder Nacht ist, die Sonne scheint pausenlos durch die Dunkelheit der Galaxie. Nur dort, wo sie auf einen Himmelskörper trifft, zaubert sie auf einer Seite Tag und auf der anderen Seite Nacht.

An Bord des Raumschiffs sind außer der Vier-Mann-Besatzung noch weitere sechs Personen: vier Techniker und Programmierer zum Unterhalt der Roboter und Maschinen in der Industrie sowie ein junges Paar, ein Pilot und eine Biologin.

Sie werden noch zehn Erdentage unterwegs sein, dann haben sie endlich ihr Ziel erreicht: ihre neue Heimat, den Roten Planeten Mars.

Das Projekt der Internationalen Marsbehörde begann im Jahr 2034, als eine Crew von Robotern auf dem Mars landete und die Raumstation Erebus H1 aufbaute. Dafür war ein kleines, durch Felsen geschütztes Tal in den Erebus Montes in den mittleren Breiten der Nordhalbkugel ausgesucht worden. Hier gibt es im Boden gefrorenes Wasser, eine Grundlage für die spätere Siedlung. Es gab immer wieder Pannen und Rückschläge und die Vorbereitungen dauerten länger als geplant.

Erst sechs Jahre später flogen die ersten sieben Astronauten zum Roten Planeten und blieben fast zwei Jahre dort. Der Raumhafen um H1 wurde ausgebaut und zwei Kilometer weiter entstand über die Jahre das Habitat 2. Dieses wurde zur Hauptsiedlung in den Erebus Montes. Zwei Jahre später kamen sechs weitere Menschen zum Mars und zwei kehrten zurück zur Erde. Sie begannen mit dem Fördern der Bodenschätze, die zur Erde gebracht werden sollten. Dort entstand etwa hundert Kilometer entfernt das Industriegebiet Erebus H3.

2045 kamen erste Siedler an, die den Mars als ihre neue Heimat gewählt hatten und nie wieder zur Erde zurückkehren würden. Sie erweiterten und verschönerten das Habitat 2, um dort bequem leben zu können.

Gleichzeitig begann ein reicher Visionär, auf der anderen Seite des Planeten eine Stadt zu bauen. Ein wahnwitziges Riesenprojekt, das bald Tausende von Siedlern aufnehmen sollte.

Doch die Unruhen auf der Erde wurden immer schlimmer und Terroranschläge machten das Großprojekt vorläufig zunichte.

2051 starteten die zunächst letzten Raketen der Internationalen Marsbehörde. An Bord befanden sich fünfzehn sehr junge Wissenschaftler, die den Mars erforschen wollten und den Roten Planeten als ihre neue Heimat ansahen.

Ein Weltkrieg wütete auf der Erde, der Kontakt zum Heimatplaneten brach ab. Die Siedler waren fast ein Jahr lang ohne Nachricht.

Sie mussten allein klarkommen. Die Raketenbasen der Erde waren zerstört worden und es dauerte fast zehn Jahre, bis wieder ein Frachtschiff der Erde auf dem Mars landete.

Die Siedler in Habitat 2 waren in dieser schweren Zeit zu einer festen Gemeinschaft mit einem eigenen Rat und eigenen Regeln zusammengewachsen und sie wollten sich jetzt nicht mehr von den Menschen auf der Erde herumkommandieren lassen.

Dies führte unweigerlich zu Konflikten mit der Internationalen Marsbehörde.

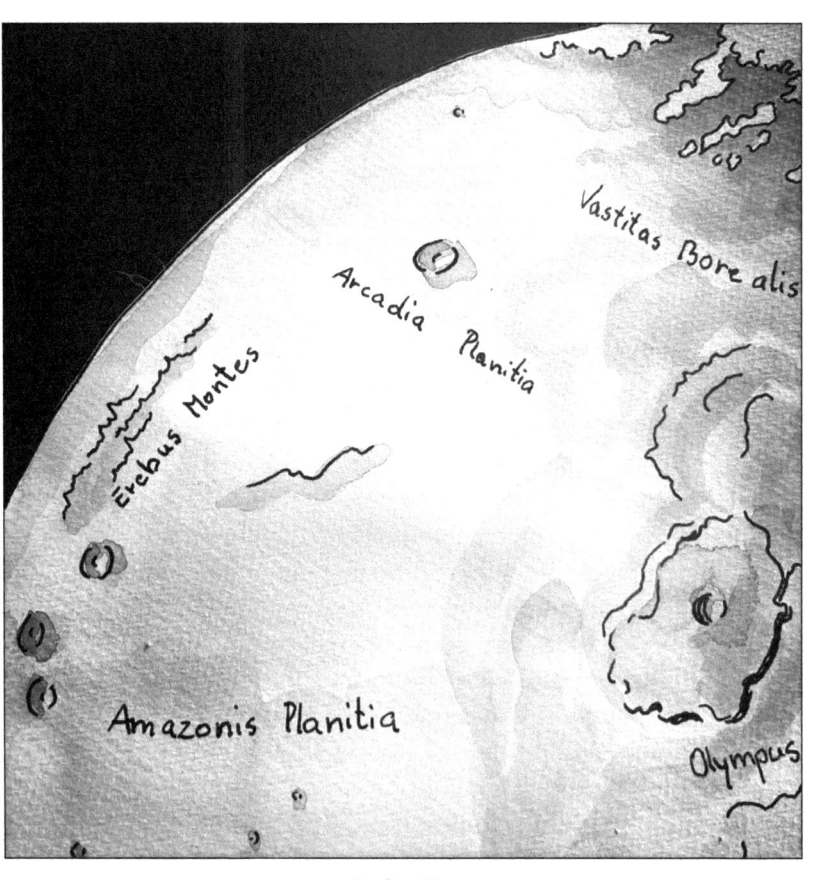

Erebus Montes

Lukka, Jen und Loran legen ihre VR-Brillen ab und schalten ihre Lernprogramme aus. Genug Schule für heute.

„Ich mag keine höhere Mathematik", stöhnt Lukka, indem sie eine gequälte Grimasse schneidet. „Wozu brauchen wir das? Dafür gibt es doch Rechner!"

Jen lacht nur. „War doch einfach. Ich liebe Mathe."

Dabei zieht er das Mädchen vom Stuhl hoch und kitzelt sie am Bauch, um sie aufzuheitern.

„Komm mit in den Trainingsraum, eine Runde boxen!"

„Oh, nein!" stöhnt Lukka. Sie will jetzt lieber ihre Ruhe haben.

Jen, Lukka und Loran sind Marskinder. Sie sind auf dem Roten Planeten zur Welt gekommen.

Linda, die sich um die Ausbildung der Kinder kümmert, kommt gerade aus dem Kontrollraum.

„Räumt noch eure Sachen weg, bevor ihr zum Sport geht. Und macht nicht zu lang, ihr habt nachher noch Astronautentraining."

Jen räumt schnell alles weg. „Kommt ihr?"

Loran nickt begeistert, doch Lukka schüttelt den Kopf.

„Keine Lust und außerdem habe ich Hunger. Ich hol mir jetzt lieber etwas zu essen und ruhe mich ein wenig aus."

„Wie du willst", meint Jen achselzuckend und verlässt mit Loran den Gemeinschaftsraum.

Lukka schlendert durch die Halle zum Wohnbereich, hält ihre Hand auf eine leuchtend grüne Platte an der Wand und die Tür zur Wohnung schiebt sich zur Seite. Ihre Mutter ist nicht da.

Sie tritt an den Spender und drückt ihren Code. Die Maschine gibt nur das Essen frei, das sie jetzt auch essen darf, außer das Ding ist gerade kaputt.

„Dir stehen heute noch eine Portion Müsli und eine Portion Snackbällchen zu", sagt die Stimme aus dem Apparat.

„Müsli ist fein", antwortet Lukka und gleich darauf öffnet sich die Klappe.

„Das Essen ist fertig! Guten Appetit!"

„Danke, liebe Maschine", lacht Lukka und denkt an Marty, der in der Küche alles vorbereitet, die Maschinen füttert und programmiert.

Dann macht sich das junge Mädchen auf den Weg zu einem Ort, den sie vor Kurzem entdeckt hat.

Im Sportraum balgen sich die beiden Jungs auf dem Trampolin. Jen ist etwas älter und viel größer als der elfjährige Loran, doch der zappelt schneller herum und Jen kriegt ihn einfach nicht zu fassen.

„Wie machst du das nur?" fragt Jen keuchend. „Du weißt immer schon, wo ich angreife. Kannst du meine Gedanken lesen?"

„Ich brauch dich nur anzusehen. Deine Blicke verraten dich immer!", lacht der Kleine.

Jen befreit sich aus den Gummibändern, in denen sie hängen und steigt vom Trampolin.

„Ich kann nicht mehr", keucht er. „Und wir sollen ja auch noch zu Linda rüber."

Lukka hat die Augen geschlossen und atmet tief ein. Die Luft ist außergewöhnlich feucht und riecht eigenartig, nach Pflanzen und Gemüse. Dann schaut sie sich um. Lange Leuchtröhren tauchen das ganze Gewächshaus in ein pinkfarbenes Licht. Nur am hinteren Ende des tunnelartigen Raumes gibt es ein Fenster, aus dem man heraus sehen kann.

Eigentlich haben hier nur wenige Leute Zugang, doch vor etwa zwei Wochen hat wohl jemand vergessen, eine Tür zu schließen und die steht seither unbemerkt immer noch offen.

Lukka sitzt an ihrem neuen geheimen Lieblingsort, in der hintersten Ecke des Gewächshauses, wo dicke Stauden und hängende Tomaten ein gutes Versteck bieten. Sie schaut durch die mehrschichtige Kunststoffscheibe hinaus auf die steinige, öde Landschaft ihres Heimatplaneten Mars.

Das Mädchen ist etwa zwölf Erdenjahre alt und lebt mit ihren Eltern im Habitat 2, auch Erebus H2 genannt, einer Siedlung auf dem Planeten Mars, dem vierten Planeten des Sonnensystems am Rande der Milchstraße.

Verträumt lässt sie den Blick über die roten Felsen gleiten. Es bahnt sich ein Staubsturm an. Sie erkennt es an den rötlichbraunen Staubwölkchen, die sanft über die Steine wehen und an der riesigen Staubwelle, die sich am Horizont auftürmt.

Staubstürme sind keine Seltenheit und können ein paar Tage anhalten, manchmal sogar Monate. Die Luft auf dem Mars ist sehr dünn und es kommt nur wenig Wind auf, aber der Staub ist sehr fein und setzt sich überall ab. Sie wird tagelang nicht sehr weit sehen können.

Der Mars ist ein sehr lebensfeindlicher Planet, sehr kalt, verstrahlt und mit einer sehr dünnen Atmosphäre aus Kohlendioxyd. Diese Bedingungen sind für Lebewesen wie Menschen absolut tödlich.

Und doch ist dies die Welt, in die Lukka hineingeboren wurde.

Am Fenster

Ihr junges Leben spielt sich ausschließlich im Inneren dieser Station ab. Hier lebt sie in einer kleinen Gemeinschaft von Marssiedlern mit ihren Eltern und zwei weiteren Jugendlichen, die, wie sie, auf dem Mars zur Welt gekommen sind. Andere Kinder gibt es nicht.

Manchmal stellt sich das neugierige Mädchen schon einige Fragen. Wieso wird diese kleine Gemeinschaft nicht größer und wieso sind Loran, Jen und sie die einzigen Kinder dort? Aber auf diese Fragen können oder wollen ihr die Erwachsenen nicht so recht antworten. Stets weichen sie geschickt aus oder geben eigenartige und unlogische Erklärungen ab.

Vor dem Fenster sieht sie Fußabdrücke auf dem sandigen Boden. „Die müssen von Linda sein", denkt sie. Die Frau im Alter ihrer Mutter kümmert sich um den Kontrollraum und den nahen Außenbereich der Station, aber auch um die Ausbildung der Kinder zu Astronauten. Und jetzt endlich werden sie auf ihren ersten Ausgang vorbereitet.

Ungeduldig wartet das Mädchen auf den Tag, an dem sie als Astronautin die Station verlassen und den Planeten endlich selbst betreten darf.

Sie lässt den Blick noch eine Weile über den felsigen Horizont gleiten. In der Ferne steigt der rote Staub schon höher auf, bald wird es dunkel werden. Die Lichtstrahlen der weit entfernten Sonne sind zu schwach, um sich gegen den feinen, roten Sand durchzusetzen.

Sie sieht sich um, denn sie will nicht erwischt werden. Nichts regt sich. Es rattern lediglich die kleinen Roboter durch die langen Reihen der Gemüseplantage. Langsam steht sie auf und gleitet unbemerkt an den Salatbeeten entlang, duckt unter den hängenden Erdbeerpflanzen durch und schaut sich nochmal um. Es ist niemand da. Sie huscht hinter die Blaubeerbüsche, dann zwischen den niedrigen Obstspalieren durch, bis zur Schleuse und betritt unauffällig den Gemeinschaftsgarten.

Hier braucht sie sich nicht mehr zu verstecken, denn hier dürfen die Bewohner der Station spazieren gehen, frische Luft atmen, auf der Sonnenwiese liegen und am Brunnen das Wasser plätschern hören.

Die meisten Bewohner sind ältere Erwachsene, die vor 26 Jahren von der Erde kamen und täglich hier im Garten ein wenig Nähe zu ihrem Heimatplaneten suchen.

Lukka sieht ihre Mutter, zögert einen Augenblick und beschließt, sich kurz neben sie zu setzen.

„Warst du wieder am Fenster?" fragt ihre Mutter sanft. Ihre Augen sind immer so traurig.

Lukka antwortet nicht, sondern lächelt verlegen. Zart streicht ihre Hand über die Blumen im Beet neben ihr. Der Brunnen gurgelt leise in der Mitte des Gartens und sorgt für etwas Luftfeuchtigkeit. Ein schöner Ort für sie, die nie etwas anderes gesehen hat.

Doch ihre Mutter erzählt ihr immerzu von der Erde, auf der die Blumen wild wachsen, Wasser in Bächen und Flüssen fließt und hohe Bäume in den Himmel ragen. Wo der Regen, die Sonne und der Wind die Haut berühren.

Bilder von der Erde hat Lukka schon oft gesehen, aber so richtig kann sie es sich doch nicht vorstellen. Sie ist ja selbst nie dort gewesen. Seit ihrer Geburt kennt das Mädchen nur die Station Habitat 2, den Blick durch die Kuppel auf die rote, felsige Wüste um sie herum und den weit entfernten Blauen Planeten, der als sehr heller Stern am Nachthimmel leuchtet.

Ihre Mutter hat wieder Heimweh und Lukka weiß dann gar nicht, was sie ihr sagen könnte, um sie ein wenig aufzumuntern.

„Ich habe noch Astronauten Training", flüstert sie und drückt ihrer Mutter einen Kuss auf die Wange.

Dann steht sie auf und verlässt unbekümmert den Garten, geht hüpfend durch den Rundbogen zur Halle, dann durch die zweite Röhre rechts zu den Iglus. So nennen sie die kleinen Wohnbereiche, in denen sich die Schlafräume befinden.

Lukkas Vater kommt nur selten nach Hause. Er arbeitet etwa hundert Kilometer weiter nördlich in der Erebus-Industrie H3, einer anderen Station, in der Wasser und Bodenschätze aus tieferen Bodenschichten gewonnen werden. Dabei ist er oft wochenlang weg.

17

Lukka und die anderen Kinder sind jetzt alt genug für die zweite Lernstufe. Sie haben vor ein paar Wochen mit dem Weltraum-Training begonnen, was heißt, dass sie bald auch in einem Schutzanzug die Station verlassen dürfen.

Sie legt ihre Hand auf den Sensor in der Wand und die Tür zu ihrem Wohnbereich gleitet surrend zur Seite.

Hungrig sucht sie wieder den Spender auf. Sie drückt einige Tasten und summt diese fernöstliche Melodie, die sie wohl im Garten aufgefangen hat.

„Essen ist fertig!", ertönt wieder die freundliche Stimme aus dem Automaten. Lukka nimmt den Behälter, schnuppert kurz daran, holt eines der grünen Bällchen heraus und schiebt es in den Mund. Gleichzeitig zieht sie sich um. Ihre leichte, dunkelgrüne Hose und den Pullover tauscht sie gegen einen enganliegenden türkisfarbenen Kombianzug.

Dann geht sie zurück zur Halle und fällt dabei fast über einen der kleinen Reinigungsroboter, die ständig den Boden wischen. Dann bleibt sie kurz vor einer verschlossenen Tür stehen. Sie legt wieder ihre Hand auf die grünlich-leuchtende Platte in der Wand und die Tür öffnet sich.

Der Raum dahinter ist hell, Maschinen summen und es leuchten überall kleine Lämpchen. Es ist der Kontrollraum und dahinter befindet sich das Tor zur Hölle, so wird der Ausgang hier genannt.

Auf der rechten Seite ist eine Verbindungstür zum Gemeinschaftsraum. Sie steht meistens offen.

An der Wand geradeaus hängen Raumanzüge verschiedener Größen. Dahinter führt eine Treppe hinauf in die Kuppel. Von da aus kann man bis zum zwei Kilometer entfernten Raumhafen sehen.

„Da bist du ja. Wie geht es dir?", fragt eine freundliche Stimme.

Es ist Linda, eine schlanke, doch für Marsverhältnisse gut trainierte Frau, etwa so alt wie ihre Mutter und auch schon genauso lange auf der Station.

Linda sucht Lukkas Anzug heraus und hilft ihr beim Anziehen.

„Du kommst spät", meint sie. „Die beiden Jungs sind schon drin."

Mit ‚drin‘ meint sie den Zwischenraum, nicht drinnen und nicht draußen, der auch als Trainingsraum für die angehenden Astronauten genutzt wird.

„Na komm, ich helfe dir beim Anziehen.“

Erst werden die Instrumente kontrolliert, wie bei einem richtigen Ausgang. Das massige Paket auf ihrem Rücken enthält Sauerstoff und Geräte, die sie draußen zum Überleben braucht. Im Anzug wird die Temperatur geregelt, denn auf dem Mars ist es bitterkalt. Einen besonderen Schutz braucht sie gegen die kosmischen Strahlen. Dann braucht sie Druck im Anzug, denn auf dem Mars gibt es nicht mal ein Prozent des irdischen Luftdrucks. Ohne den Raumanzug würde sie draußen sofort sterben.

Lukka kann sich kaum noch bewegen. Langsam schreitet sie zu dem Ausgang am anderen Ende des Raumes. Die Schiebetür öffnet sich und sie tritt in den abgedunkelten Trainingsraum. Hier ist der Boden sandig und uneben, sie kämpft mit dem Gleichgewicht, um nicht gleich umzukippen.

Die beiden Jungen sind schon im Raum. Da ist Jen, nur ein paar Wochen älter als sie selbst. Er versucht gerade schwerfällig, einen kleinen Felsen zu erklimmen. Mit dem riesigen Tank auf dem Rücken sieht er aus wie eine Schnecke auf Beinen.

Langsam setzt sie einen Fuß vor den anderen. Vor ihr liegen Steine. Sie versucht es über den sicheren Weg, an den Steinen vorbeizukommen.

„Steig drüber“, ermuntert sie die Stimme im Helm. „Manchmal hast du da draußen keine Wahl, dann musst du drübersteigen.“

Lukka zögert, hebt dann den linken Fuß und kommt ins Wanken.

„Ich kann nicht!“, flüstert sie ängstlich. Sie will nicht stolpern oder das Gleichgewicht verlieren.

„Du willst doch irgendwann nach draußen, oder?“, raunt Linda. „Dann musst du dir jetzt schon ein bisschen Mühe geben. Und wenn du hinfällst, stehst du eben wieder auf.“

In dem Augenblick rollt Jen vom Felsen runter. Der ist zwar nicht besonders hoch, aber da liegt er jetzt auf seinem übergroßen Rückenpaket und rudert mit den Armen.

Linda hilft ihm wieder auf die Beine und ruft das kichernde Mädchen zur Stelle.

„Wenn das draußen passiert, kann es lebensgefährlich sein. Schau dir den Tank an. Ist er intakt? Gibt es Risse im Anzug?"

Es scheint alles in Ordnung zu sein.

Auch Loran, der Jüngste von ihnen, wackelt unsicher hinter dem kleinen Felsen hervor und stellt sich dazu.

Nach Lindas Sicherheitsanweisungen machen die drei Weltraumschüler weiter. Sie müssen mehrmals über Steine steigen und Gegenstände aufheben, ohne dabei aus dem Gleichgewicht zu kommen. Linda hat einen richtigen Hindernislauf für sie vorbereitet.

Lukka soll Gesteinsproben in einen Kasten packen und diesen zum Raumschiff bringen. Das klingt einfach, doch die Steine gleiten ihr immer wieder aus den Händen und schließlich fällt sie rückwärts über den Kasten.

Das sieht so drollig aus und die Jungs krümmen sich vor Lachen.

So lernen sie langsam, sich in den schweren Anzügen sicher zu bewegen und kleine Arbeiten gekonnt auszuführen. Irgendwann wird's schon klappen.

Linda ruft sie schließlich zurück in den Kontrollraum. Dort legen sie die Anzüge ab, hängen sie zur Reinigung auf und reden noch eine Weile über das, was sie gerade gelernt haben.

Dafür sitzen sie in der oberen Kuppel, mit Blick über die wunderschöne Marslandschaft. Die Sonne steht tief, doch der blaue Sonnenuntergang ist getrübt durch den herannahenden Sturm. Große Staubwolken verschlingen die Berge und Felsen um sie herum. Bald wird er auch die Station erreichen.

Lukkas Mutter Karen sitzt in ihrem Arbeitsraum. Sie ist Psychologin und für das geistige Wohlsein auf der Station zuständig. Dabei fühlt sie die Melancholie in sich aufsteigen und kann sich selbst nicht helfen. Die Erde fehlt ihr so sehr. Immer wieder kommen die Bilder ihrer frohen Kindheit ungebeten in ihren Kopf. Sie versucht mit anderen darüber zu reden und sich mit positiven Gedanken abzulenken, aber sie vermisst die Natur ihres Heimatplaneten, die Waldspaziergänge mit ihrem Hund oder mit Freunden draußen am Feuer sitzen, im Meer baden, in der Sonne liegen. Sie vermisst den kühlen, prasselnden Regen und den Sonnenschein auf ihrer Haut. Und sie vermisst ihre Familie und früheren Freunde.

Seufzend steht sie auf, es ist Zeit fürs Abendessen.

Zweimal am Tag wird gemeinsam gegessen. Das hilft gegen die Einsamkeit, meint Karen.

Die Bewohner von Habitat 2 sind zu einer großen Familie geworden. Sie helfen sich gegenseitig und versuchen, Probleme gemeinsam zu lösen.

Der Gemeinschaftsraum, in dem auch gegessen wird, ist, neben dem Garten, der größte Aufenthaltsort der Station. Hier wird abends auch gespielt, ferngesehen und manchmal sogar getanzt.

Lukka lässt sich auf den Stuhl fallen und schaut hungrig auf die Behälter mit dem Essen.

Es gibt heute ein Stück Pâté, eine proteinreiche Masse aus Fleischzellen oder Pilzen, die aus einem streng kontrollierten Anbau irgendwo im Treibhaus kommen. Im Labor war Lukka noch nie, die Tür ist stets verschlossen und nur wenige Leute dürfen hinein.

Jeden Tag gibt es frisches gegartes Gemüse, heute sind es Zucchini.

Lukka isst hastig, sie ist sehr hungrig.

Leo sieht sie fragend an. „Bekommst du genug zu essen? Du bist groß geworden und bewegst dich viel. Soll ich deine tägliche Nahrungsmenge erhöhen?"

Leo ist einer der beiden Ärzte auf Erebus Montes. Er führt regelmäßige Tests an den Bewohnern durch, kontrolliert das Essen und versorgt kleinere Wunden.

Auf dem Mars gibt es keine Krankheitserreger wie auf der Erde, niemand hat Grippe oder andere ansteckende Krankheiten, aber einige sterben an Krebs durch die hohe Strahlenbelastung. Und wenn draußen jemand einen Unfall hat, kann Leo meist auch nicht mehr helfen. Die sterben dann auch sehr schnell oder werden zu Dr. Tann auf die Raumstation gebracht.

Lukka lächelt ihn an. „Oh ja, bitte. Das Frühstück ist zu wenig und am Nachmittag könnte der Snack auch mehr sein. Ich verhungere fast."

„Du bist auch wirklich sehr dünn", meint er, „gehst du regelmäßig zum Muskelaufbau?"

„Ja", lügt sie. Das Laufband schwänzt sie oft, denn sie hasst es, auf der Stelle zu laufen. Das ist so schrecklich langweilig. Viel lieber sitzt sie dann am verbotenen Fensterplatz im Treibhaus und träumt von Spaziergängen außerhalb der Station.

Sie seufzt. „Springen ist in Ordnung. Turnen und Yoga mach ich sehr gern, aber laufen…"

Leo überlegt kurz und nickt. „Du kannst es ja mal mit Radfahren oder Rudern probieren, vielleicht klappt das besser. Aber es ist wichtig, deine Muskeln aufzubauen. Du bist zwar hier geboren, hast aber immer noch einen menschlichen Körper, der gebaut ist, um auf der Erde zu leben."

Ja, ja, Lukka weiß das ja alles. Die Anziehungskraft des Mars ist geringer als die der Erde, die Knochen und Muskeln des Menschen haben sich über Jahrtausende für viel mehr Last entwickelt und bilden sich im Weltraum durch die Schwerelosigkeit sehr schnell zurück. Der Mars hat zwar Gravitation, aber sie ist zu gering und so müssen sie täglich ihre Muskeln und Knochen zusätzlich aufbauen.

Eine Sturmböe fegt mit Geheule über das Habitat hinweg. Sie hören, dass der Sandsturm jetzt um sie herumwirbelt und sind froh, dass alle sicher beisammen sind. Das gibt ihnen ein Gefühl der Geborgenheit, hier in dieser doch sehr lebensfeindlichen, immer noch fremden, neuen Welt.

Lukka nimmt nochmal eine Portion Gemüse nach, sie hat immer noch Hunger und es schmeckt so gut.

Den Tisch räumen sie gemeinsam ab und stellen das Geschirr in den Spülschrank. Dort wird es gewaschen und steht dann morgen wieder bereit für das Mittagessen. Es ist eine der wenigen Maschinen, die in der Küche noch einwandfrei funktionieren. Früher wurde die Arbeit in der Küche ausschließlich von Robotern getätigt, doch das Instandhalten und ständige Reparieren der programmierten Helfer war für den Biologen und Hobbykoch Marty zu nervig geworden und so hat er nach und nach die defekten Maschinen aus dem Dienst entlassen und die Arbeit selbst übernommen.

Lukka würde jetzt gerne noch mit ihrem Vater telefonieren, doch der Sturm macht Funkverbindungen immer schwierig.

Sie schaut sich nach ihrer Mutter um. Diese winkt ihr aus der Halle zu und gemeinsam gehen sie rüber zum Kontrollraum.

„Wir schicken eine Videonachricht an Opa. Der hat heute Geburtstag und wir haben uns seit drei Wochen nicht gemeldet.“

Der Mars hat noch keine eigene Zeitrechnung, daher wird noch in Erdenwochen und Monaten gerechnet, obwohl das nie so richtig aufgeht.

Der Rat hat aber beschlossen, dies bald zu ändern. Lukkas Eltern sind mit fünf anderen älteren Siedlern in diesem Rat. Sie bestimmen das Leben in der Gemeinschaft und verhandeln mit der Erde.

„Ich würde gerne auch mit Papa telefonieren“, bettelt Lukka.

Karen lächelt. „Wir können es ja mal versuchen.“

„Ah Karen, da bist du ja!“ Linda winkt die beiden zu einem der Schirme. „Du hast eine Nachricht von der Erde!“

Karen strahlt und setzt sich vor den Schirm, Lukka stellt sich hinter sie und blickt gespannt auf das Bild. Es ist ihr Onkel Stiv, Karens Bruder.

„Hallo Schwesterherz! Alles wohlauf da oben? Ich habe versucht, dich zu sehen...“, dabei zeigt er auf ein riesiges Teleskop, das hinter ihm am Fenster steht, „aber du bist immer noch zu weit weg.“

Er lächelt wie ihre Mutter, fröhlich und irgendwie traurig.

Er sieht viel jünger und robuster aus, obwohl er zwei Jahre älter ist. Falten prägen seine Stirn und die Augenpartien. Er sieht eigentlich richtig gesund und kräftig aus.

Vermutlich, weil er noch nie durch den Weltraum geflogen ist und auf der Erde lebt.

„Ich bin bei Papa. Hab ihm dieses neue Teleskop hier geschenkt, damit er den Mars noch besser beobachten kann. Meldest du dich noch?“

Mit einem Winken verschwindet er und auf dem Schirm ist ein blauer Hintergrund mit einem weißen Papierflugzeug zu sehen. Das ist irgendwie sehr altmodisch, findet Lukka.

Karen drückt die Reply-Taste.

Die Kamera ist an, die Übertragung beginnt.

„Hallo Stiv, alles Gute zum Geburtstag, Papa! Wie geht es euch? Hier ist alles wie gewohnt, die Arbeiten an der neuen Station kommen voran, Chris ist zurzeit auf der Baustelle des Habitat 4. Er macht alles bereit für die neue Lieferung von der Erde. Das Frachtschiff wird in etwa vierzig Stunden landen. Und hier ist Lukka, seht nur, wie sie wieder gewachsen ist!"

Lukka winkt in die Kamera.

„Hallo Opa, hallo Stiv, ich habe das Weltraum-Training begonnen. In ein paar Tagen darf ich zum ersten Mal raus, richtig raus aus der Station, richtig auf Marsboden treten!"

Sie zeigt beide Daumen hoch.

Karen übernimmt wieder das Gespräch. „Ist es ruhig bei euch? Wir haben in den Nachrichten gesehen, dass es wieder viele Unruhen in Europa gibt." Sie lacht. „Bei uns ist es wie gewohnt, sehr ruhig. Wir geben euch jetzt Zeit zum Antworten und melden uns später nochmal."

Beide winken und Karen beendet die Übertragung.

Es wird jetzt, da Erde und Mars sich nahe sind, etwa zehn Minuten dauern, bis das Gespräch auf der Erde ankommt, dann noch einmal genauso lang, bis die Antwort endlich da ist. Wenn sie denn gleich antworten.

So lange können sie mit Lukkas Vater telefonieren.

Chris arbeitet in der Rohstoffgewinnung. Wertvolle und seltene Mineralien und Metalle werden auf dem Mars gefördert und zur Erde gebracht, Wasser wird aus dem gefrorenen Boden gewonnen, um die Habitate zu versorgen.

Die neue Siedlung H4 wird ganz in der Nähe gebaut und er plant gerade, wie die Fracht von der Erde verteilt werden soll.

Habitat 4 antwortet. Die Verbindung ist schlecht, aber es funktioniert.

Wenn alles gut geht, wird Chris bald wieder ein paar Tage bei seiner Familie sein.

Lukka erzählt ihrem Vater, wie gut sie schon mit dem Raumanzug klarkommt und wie sehr sie sich auf den ersten Ausgang freut.

Dann kommt noch eine Nachricht von Opa. Er freue sich immer auf die Marsianer, sagt er, und es ginge ihm gut. Er könne jetzt endlich in Rente gehen und ein wenig herumreisen. Er bliebe aber auf der Erde, meint er lächelnd.

Er schickt Küsschen und der Bildschirm wird wieder blau.

Karen seufzt. Sie vermisst ihre Familie und ihr altes Zuhause, aber das ahnte sie ja schon, als sie sich vor fast sechsundzwanzig Jahren von den beiden verabschiedet hat. Ihre Mutter war damals gerade bei einem Unfall ums Leben gekommen und sie dachte, es würde sie eh nichts mehr auf der Erde halten.

Karen sieht lächelnd zu Lukka rüber, das Mädchen scheint ganz glücklich zu sein. Sie ist einfach zufrieden mit ihrem Leben. Sie kennt die Erde nicht, ihr Zuhause ist der Mars.

Karen richtet sich auf. Könnte es doch auch für sie selbst so einfach sein!

Im Gemeinschaftsraum sehen sich die Bewohner der kleinen Marsstation noch einen lustigen Film von der Erde an, bevor sie sich in ihre Schlafzellen zurückziehen. Lukka mag diese Filme nicht so gern, sie kennt das Leben auf der Erde ja nicht wirklich und versteht daher die Witze nicht. Aber es muss doch ein sehr lustiger Planet sein, wenn die Älteren über diese eigenartigen Dinge so lachen können.

Vielmehr liebt sie die Momente, in denen sie allein ist und in ihrer Fantasie die Station verlassen kann, wie sie den Roten Planeten erkundet und vielleicht etwas Unerwartetes findet.

Sie träumt von Abenteuern, wie jedes Mädchen auf der Erde, nur eben auf dem Mars.

ENDLICH PASSIERT ETWAS

Zwei Tage später.

Die Stimmung ist angespannt im Habitat 2. Unweit der Siedlung wird in Kürze eine Fracht von der Erde ankommen.

Eine Landung in der dünnen Marsatmosphäre ist immer eine heikle Angelegenheit.

Meistens klappt es, aber es gibt auch Unfälle. Aus diesem Grund liegt der Landeplatz mit seinen Containergebäuden und Treibstofftanks so weit weg von H2.

Linda ist im Kontrollraum beschäftigt und lässt die drei Jugendlichen, Lukka, Jen und Loran allein in der Kuppel. Dort haben sie eine herrliche Aussicht bis zum Raumhafen hin. Das ist der beste Ort, um eine Landung zu beobachten, meint sie.

Es gibt oft Shuttleflüge zu einem nahegelegenen Asteroiden, aber Frachtschiffe von der Erde kommen nur alle zwei Jahre an und sind etwas Besonderes.

Leider hat sich der Sandsturm immer noch nicht ganz gelegt, der rote Staub wirbelt über den trockenen Boden hinweg, wie kleine Teufel, die hintereinander herjagen.

Neugierig suchen sie den Himmel ab, der Frachter müsste jetzt jeden Augenblick zu sehen sein.

An Bord sind auch neue Siedler. Ein Pilot, eine Biologin und vier weitere Techniker sind bereit, auf dem Mars zu leben. Diese Arbeiter sollen am Bau der neuen Station H4 helfen. Eigentlich sollten zwei Raketenshuttles gleichzeitig ankommen, doch es gab Startprobleme und so wird die zweite Ladung erst viel später eintreffen. Sie konnten sie nicht mehr rechtzeitig losschicken und nun dauert es wieder ein Jahr, bis Erde und Mars günstig zueinanderstehen.

„Da!" Loran stuppst Lukka an und zeigt auf einen winzigen Punkt in den rötlichen Wolken. „Da ist etwas!"

Die drei drücken die Nase an die dichte, strahlensichere Kuppel, um besser zu sehen. Und tatsächlich, der Punkt scheint sich zu bewegen, wird langsam größer.

Lukka schaut gebannt auf das Raumschiff. Sie ist ganz aufgeregt, es ist das erste Mal, dass sie bei der Landung eines Raumschiffs der Erde zusehen darf.

„Linda, schau!", ruft sie nach unten in den Kontrollraum.

„Ja, ja, ich habe ihn auf dem Schirm," meint diese beiläufig.

Das lange Frachtschiff zeichnet sich jetzt deutlich vom dunkelroten Himmel ab. Es scheint genau auf sie zuzufliegen. Jetzt hebt es die Nase an und fällt horizontal weiter, wie ein Stift, der auf den Boden fällt.

„Das kommt aber schnell näher", flüstert Jen, „wenn das mal gutgeht."

„Das wird schon klappen", zischt Lukka nervös.

„Seht nur, da kommen Flügel raus!" Loran würde am liebsten durch die Kuppel steigen, er zappelt aufgeregt herum.

Und tatsächlich werden seitlich auf ganzer Länge Flügel ausgefahren, um den Fall des Frachters zu bremsen und ihn langsamer sinken zu lassen. Er kommt aber immer noch mit großer Geschwindigkeit näher. Jetzt kann man aber schon sehen, dass er über dem Landeplatz runterkommt.

Linda redet mit dem Kontrollturm am Raumhafen. Sie klingt sehr ruhig, alles scheint normal abzulaufen.

Jetzt dreht sich das Raumschiff wieder in die Vertikale, diesmal mit dem Antrieb nach unten und zündet die Bremsraketen. Die Rakete wackelt und zittert dem Boden entgegen, riesige Mengen Staub werden aufgewirbelt, bis man gar nichts mehr erkennen kann, nur noch rote Wolken aus feinem, trocknem Marsboden.

Die drei Zuschauer halten den Atem an. Kein Crash, keine Explosion, nichts erschüttert den Raumhafen.

Nur Staub steigt um sie herum auf und verzieht sich nur langsam in alle Richtungen.

„Na wunderbar!", ruft Linda jetzt laut. „Dann holt die Erdlinge jetzt mal da raus."

Sie lacht und sieht zu den drei jungen Marsianern in der Kuppel hoch. „Sie sind gelandet."

Linda hat schon viele Starts und Landungen mitangesehen, aber sie ist immer wieder froh, wenn es geklappt hat, denn mehrere Male gab es schon schreckliche Bruchlandungen und auch einige Fehlstarts. Das passierte häufig in den ersten Jahren der Marsmission, die Technik hat sich aber seither sehr viel weiterentwickelt und die Raumfahrt ist sicherer geworden.

Sie springt aus ihrem Sessel hoch und schaut zu den dreien hinauf.

„So Kinder, heute ist es draußen zu staubig. Aber morgen werden wir spazieren gehen, einmal um den Block."

Sie lacht hörbar erleichtert nach dem Stress. „Geht ein wenig in den Garten und erzählt, was ihr heute gesehen habt."

Lukka ist ein bisschen enttäuscht, sie hätte zu gern mit Linda noch über die Landung geplaudert, in ihrem Kopf türmen sich auch schon tausend Fragen. Aber sie versteht auch, dass Linda jetzt lieber mit den Erwachsenen reden möchte.

Jen und Loran gehen schon aufgeregt plappernd vor, aber Lukka hat plötzlich wieder Hunger bekommen und macht einen kleinen Umweg über die Küche, sie braucht erst einmal etwas zu essen.

Karen hat sich die Funkverbindungen im Gemeinschaftsraum angehört und ist auf dem Weg in den Garten, als Lukka aus dem Wohnbereich kommt, in der Hand eine Schale mit Snackbällchen.

Kauend und plaudernd begleitet sie ihre Mutter in die grüne Oase.

In dem sonst so stillen Garten ist es jetzt ziemlich laut, alle haben sich dort versammelt und reden aufgeregt durcheinander. Da jeder mehrere Sprachen spricht, klingt es wie eine brodelnde Suppe aus Englisch, Russisch, Deutsch und Französisch.

Lukka dreht die Ohren wie Radarschüsseln zu allen Seiten und fängt Informationen ein.

Der Frachter hat viele unterschiedliche Güter geladen, technisches Material für die Forschungseinheit und Bauelemente für das neue Habitat 4. Das wird die Ferienanlage für die ersten Touristen, die den Mars demnächst besuchen wollen. Es sollen auch neue Raumanzüge für Habitat 2 dabei sein.

Außerdem gibt es Nahrungsmittel von der Erde, Leckereien, die es sonst hier nicht gibt, Kakaopulver, Milchpulver und sogar Kaffee. Das reicht immer nur für wenige Wochen, dann warten alle wieder auf die nächste Ladung und das kann schon mal lange dauern.

An Bord sind aber auch sechs neue Siedler, unter anderem eine Botanikerin. Diese soll die Arbeit von Beatrice übernehmen, im Treibhaus.

Dabei fällt Lukka auf, dass sie Beatrice schon lange nicht mehr da gesehen hat.

Sie schleicht unauffällig um die Leute herum und fängt überall Informationen auf, bis Jen sie am Arm packt und zur Seite schleppt.

„Hast du gehört? Der Pilot, ich glaube, er heißt Rick, der hat sogar ein Flugzeug mitgebracht! Also es ist eher so etwas wie ein Helikopter, mit dem er Leute schneller in eine andere Station bringen kann."

Lukkas Herz schlägt höher. „Dann kann ich meinen Vater besuchen, wenn er so lange weg ist!"

„Ja, unser Leben wird sich verändern. Ich kann es kaum erwarten, die anderen Habitate zu sehen."

„Und ein wenig mehr als immer dieselbe Landschaft, die wir seit unserer Geburt hier schon kennen."

„Komm, wir suchen Loran und erzählen es ihm!" Dabei zerrt der Junge wieder an Lukkas Arm, um sie hinter sich her zu ziehen.

Langsam lösen sich die Gruppen im Garten auf und jeder geht wieder seiner Arbeit nach.

Auch die drei Teenager werden noch einmal in den Sportraum gebeten, um noch eine Stunde lang an ihren Muskeln zu arbeiten.

Der Tag scheint gar nicht mehr umzugehen, alles ist heute anders, nichts geht seinen gewohnten Gang. Lukka hat lieber die Ruhe eines normalen Tagesablaufs.

Selbst beim Abendessen sind alle noch sehr aufgeregt und reden laut durcheinander. Sie versucht sich zu erinnern, ob es bei der letzten Landung vor fast zwei Jahren genauso war; sie hat es jedenfalls damals nicht so wahrgenommen.

Auch der Rückflug des Shuttles vor einem Jahr war ihr kaum in Erinnerung, es schien ihr normal gewesen zu sein. Was ist diesmal anders?

Sie hört in das Gespräch ihrer Mutter mit Linda rein. Die beiden reden über die Unterbringung der neuen Mitglieder in der Gemeinschaft.

Rick und Pragya sind ein Paar und sollen im Quartier von Beatrice untergebracht werden, da diese in Habitat 1 bei Dr. Tann bleiben wird. Sie wird also nicht zurückkommen.

Jens Stimme lenkt ihre Aufmerksamkeit auf die andere Seite des langen Tisches. Er interessiert sich für den Bau des neuen Habitats. Lukka weiß, dass die Meinungen der Siedler über die neue Anlage auseinander gehen. Manche freuen sich über die fortschrittlichen Einrichtungen und das Schwimmbad, das dort entstehen soll, sowie die Abwechslung im Umgang mit Fremden, die nicht Teil der Gemeinschaft sein werden. Aber das ist genau der Gedanke mit dem sich andere nicht so wohl fühlen. Touristen wollen in der Regel Luxus und Unterhaltung, das kann ihnen der Mars aber nicht bieten. Und der nächste direkte Rückflug ist in einem Jahr oder eben mit Zwischenstopps auf dem Asteroiden und dem Mond.

Gedankenverloren sieht sie, wie Loran abwesend mit seinen Erbsen herumspielt und beschließt, an etwas Aufregendes zu denken. Sie werden endlich raus ins Freie gehen, hat Linda gesagt.

Mit einem Lächeln nimmt sie den Nachtisch ihrer Mutter entgegen und genießt still die Extraportion Obstgelee.

Früh treffen sich die drei Kinder zum Unterricht im Gemeinschaftsraum. Hier kriegen sie jeden Morgen ihr Unterrichtsprogramm, mit dem sie auf ein weiteres Studium vorbereitet werden. Dafür tragen sie eine VR-Brille, die mit einem Rechner verbunden ist, eine Art künstliche Intelligenz, die auf eventuelle Lernschwierigkeiten der Kinder reagiert und das Training dann anpasst.

Sie haben in den ersten Jahren lesen und schreiben gelernt, lateinische Schrift und Kyrillisch, dabei Englisch und Russisch gelernt und ihre Muttersprachen optimiert. Dazu kommen Mathe und Naturwissenschaften und bald beginnen die technischen Ausbildungen. Dafür müssen sie als Praktikanten mit den erwachsenen Siedlern der Station arbeiten.

Lukka sieht sich gerade ein Programm über wildlebende Tiere auf der Erde an und beantwortet die ihr gestellten Fragen. Dabei fragt sie sich, warum sie das lernen muss, da es auf dem Mars keine Tiere gibt und auch nie geben wird.

„Kein Wissen ist umsonst", sagt Karen immer. „Vielleicht wirst du es doch noch einmal brauchen."

Das Mädchen schüttelt den Kopf bei diesem Gedanken und konzentriert sich auf die seltsamen Pelztierchen mit den komischen langen Schneidezähnen, die gerade um sie herumlaufen.

Sie muss jetzt unweigerlich an Linda denken, die immerzu Geschichten von Marsratten erfindet. Ein Lächeln huscht über ihr Gesicht bei dem Gedanken, solche kleinen Nager eines Tages tatsächlich da anzutreffen.

Plötzlich spürt sie eine leichte Berührung an der linken Schulter und zuckt zusammen.

„Seid ihr bereit?" fragt Linda. „Ich hätte jetzt Zeit für euch und sogar eine kleine Arbeit. Wollt ihr?"

Jen nickt aufgeregt. „Klar! Das hier können wir später noch erledigen."

Loran hat schon sein Programm gestoppt, die VR-Brille abgelegt und zappelt ungeduldig herum.

„Na dann los!", lacht Linda und marschiert mit schnellen, forschen Schritten zum Kontrollraum.

„Schlüpft in eure Anzüge und helft euch gegenseitig. Ich muss noch etwas vorbereiten."

Die drei werfen sich aufgeregte Blicke zu.

„Und macht das ganz gewissenhaft, heute wird es ernst!", mahnt sie.

Lukka schaut zu den bereitgehängten Anzügen herüber.

„Gut, Loran, du steigst zuerst in deinen Anzug und wir helfen dir dabei. Dann machen wir Jen klar und zuletzt helft ihr mir beim Anlegen, ja?"

Alle nicken konzentriert und schlüpfen erst einmal in die thermoregulierenden, enganliegenden Kombis, dann stecken sie Loran in den schweren Raumanzug. Jen befestigt den Helm und den Tank, dann reguliert er den Druck im Inneren des Anzugs.

Das alles haben die Kinder schon gelernt und vor zwei Tagen die Prüfung bei Linda bestanden.

Diese steht jetzt auch schon neben ihnen und schaut aufmerksam zu. Sie nickt zufrieden.

„Ihr macht das sehr gut!", lobt sie, nachdem auch Jen in seinem kompletten Anzug steckt. „Aber ihr seht, dass es jetzt mit Lukka schwierig wird. Dafür sind eure Anzüge noch zu unförmig. Ich bin gespannt auf die Neuen, die sollen ja viel leichter und praktischer sein."

Sie lacht, während sie mit geübten Händen Lukkas Helm befestigt und alle Verschlüsse noch einmal kontrolliert.

Sauerstoff und Temperatur muss jeder selbst regeln. Dafür haben sie, ähnlich wie Taucher, einen Regler am Arm.

Während sich die Tür zum Trainingsraum öffnet, ruft sie über Intercom Marty aus dem Küchenlabor, um ihr beim Anlegen ihres eigenen Raumanzugs zu helfen.

Wie immer braucht Lukka ein wenig Zeit, um sich an die Sicht aus dem Helm heraus zu gewöhnen und nicht gleich zu stolpern.

Die drei Astronautenfrischlinge bewegen sich aber schon sehr viel sicherer als vor wenigen Wochen, kennen jetzt viele Tricks, um Arbeiten zu verrichten, und haben auch gelernt, was sie auf keinen Fall tun sollen.

Nach einer kurzen Zeit erscheint hinter ihnen auch Linda in ihrem bräunlich verfärbten Raumanzug und drückt auf einen Knopf. Langsam schließt sich die Tür zum Kontrollraum.

Sie durchqueren den Trainingsraum und stehen vor der ersten Sicherheitstür, am Tor zur Hölle, bereit.

Linda gibt ihren Sicherheitscode ein und die Tür gleitet zischend zur Seite.

Alle vier stellen sich dicht aneinander in die Schleuse. Hinter ihnen schließt sich die schwere Tür mit einem dumpfen Fauchen.

„Hört ihr den Drachen?", lacht Linda. „Er bewacht dieses Tor. Kontrolliert jetzt euren Druckregler! Ich passe den Druck in der Schleuse dem Außenbereich an."

Lukkas Herz klopft wie wild.

„Ruhig atmen", raunt ihre Lehrerin. „Ihr habt doch nicht etwa Schiss?"

Alle schütteln den Kopf und zeigen ihre Daumen hoch.

„Na dann mal los!" Dabei betätigt sie den Schalter der Außenluke und diese öffnet sich. Vor ihnen liegt die nackte Marslandschaft. Es ist überwältigend.

Mit wackeligen Schritten verlassen sie zum ersten Mal die Schleuse.

Lukka ist sprachlos und kippt vor Verwunderung fast um.

„Das ist unglaublich!", staunt Loran und auch Jen steht erst einmal ganz still und sieht sich um.

„Wir sind draußen", flüstert Lukka ehrfurchtsvoll. „Ich kann es kaum glauben."

Langsam wagen sie weitere Schritte und blicken vorsichtig in alle Richtungen.

Zum ersten Mal sehen sie ihr Zuhause, das Habitat 2, von außen. Die langen Arme des Gartens und des Gewächshauses ragen in die rote, felsige Landschaft hinaus. Sie sind von einer dicken, lehmartigen Schicht ummantelt, die sie vor den kosmischen Strahlen schützt. Das waren die ersten Gebäude der Marsgeschichte. Heute baut man leichtere, schönere Behausungen.

Über ihnen ragt die Kuppel aus dem mit braunem Boden bedeckten Gebäude. Die durchsichtige Kuppel wurde aus einem doppelschichtigen, flexiblen Kunststoff gebaut, gefüllt mit frostsicherem Wassergel. Das hält die Strahlen auch ab, ist aber hell und man kann raussehen.

„Dann kommt mit auf eure erste Mission! Wir müssen die Sonnenkollektoren entstauben, sonst geht uns hier bald der Strom aus." Linda geht nach rechts um die Station herum. Dort liegt das Feld mit den Panels.

Die Gruppe kommt nur langsam voran, es gibt so viele neue Dinge zu sehen und alles wirkt hier draußen so anders als durch die Wände der Kuppel. Die Sonne scheint intensiver zu leuchten und zum ersten Mal sehen sie, wie die Reflektoren in der Marsumlaufbahn die Oberfläche zusätzlich aufhellen.

„Da, seht mal! Ist das Phobos?" Jen entdeckt gerade den kleinen Marsmond über dem südlichen Gebirge hinter dem Habitat.

„Er ist wunderschön", denkt Lukka und möchte am liebsten dort stehen bleiben, aber Linda drängt. „Kommt, wir haben noch ein wenig Arbeit."

Die meisten Panels entstauben sich selbst nach einem Sturm, aber wenn die Technik hier draußen versagt, dann muss nachgeholfen werden.

Linda zeigt ihrer neuen Crew, wie man von Hand den Mechanismus aktiviert oder notfalls auch repariert. Eine schwierige Aufgabe für die ungeübten neuen Astronauten, auch wenn sie doch noch viel zusehen dürfen. Die Anzüge sind auf Dauer auch sehr unbequem, die Handschuhe zu klobig.

Die Solaranlage wurde auf der Seite des Habitats angelegt und sie sehen zum ersten Mal, dass die Station halb in einem Hügel vergraben scheint.

„Unter der Erde sind wir bestens gegen die kosmische Strahlung geschützt", erklärt Linda, als könnte sie die erstaunten Blicke ihrer Lehrlinge sehen.

„Ihr kennt nur die alten Fotos des Habitats, wir sollten wirklich mal neue Bilder machen. Dieser Hügel wurde vor etwa zehn Jahren aufgeschüttet, als der neue Bagger ankam."

„Wo ist der Bagger jetzt?", fragt Loran.

„Der wird auf der neuen Baustelle gebraucht. Das neue Habitat wird ganz in der Erde liegen, mit einer einzigen großen Kuppel und einem Sichtfenster im Eingangsbereich", erklärt Linda. „Die zukünftigen Siedler werden es besser haben als wir."

Lukka versteht nicht, wieso es besser werden soll. Ihr Leben ist doch schon gut, sie hat alles, was sie braucht und ist eigentlich ganz zufrieden.

„Ist das normal?" Jen zeigt auf seine Anzeige auf der Brust. Da leuchtet ein rotes Lämpchen auf.

„Oh!" Linda sieht genauer hin. „Dein Sauerstoff wird knapp, dann müssen wir zurück."

Sie winkt mit der Hand und geht voran.

„Du hast wohl viel geatmet", lacht sie. „Aber keine Angst, wir werden rechtzeitig wieder in der Station sein."

Die Gruppe geht quer durch die Solaranlage zurück, dann nach links am Kontrollraum vorbei zum Eingang.

Hier passieren sie erneut die Schleuse, um ins Innere der Station zu gelangen. Linda winkt sie herüber zu einem Raum, den sie noch nie betreten haben.

„Rein in den Staubsauger!", lacht sie. „So staubig wie ihr seid, könnt ihr nicht einfach wieder rein."

In der Kabine wird der feine Mars-Sand gründlich von ihren Anzügen abgesaugt. Die Kinder stehen still, während lange Roboterarme mit Saugschläuchen sie vom giftigen Staub befreien.

Anschließend geht es in den Kontrollraum, raus aus dem Anzug. Diese werden im Reinigungsschrank nochmal gesäubert und werden danach für den nächsten Ausgang wieder bereitgehängt.

Als jeder von seinem Anzug befreit und geduscht am Tisch des Gemeinschaftsraumes sitzt, mit einem warmen Tee und einer extra Portion Snacks, ist die Freude groß. Es war doch ein besonderes Erlebnis und gibt den Kindern das Gefühl, jetzt zu den Erwachsenen zu gehören.

„Das möchte ich gern Papa erzählen", meint Lukka begeistert, „darf ich ihn heute Abend anrufen?"

„Klar" lacht Linda, „nach dem Abendessen werde ich dir eine Verbindung herstellen."

In der Halle sind jetzt Stimmen zu hören. Einige kommen näher und Lukka sieht ihre Mutter mit Marty und einer fremden jungen Frau in den Gemeinschaftsraum kommen.

„Ach, da seid ihr ja!"

Und der fremden Frau erklärt sie: „Das hier ist unsere Jugendgruppe, diese drei jungen Leute sind echte Marsianer, sie sind hier geboren."

„Die Frau sieht auch nicht viel älter aus als die Jugendgruppe", denkt Lukka und mustert den Neuankömmling von oben bis unten. Sie ist klein, zierlich, sehr hübsch und macht einen netten Eindruck.

Alle drei sehen neugierig zu ihr herüber.

Sie hat schwarze, kurze Haare und dunkle Augen.

„Dies ist Pragya", erklärt Karen. „Sie wird die Arbeit von Beatrice übernehmen, dann kann sich Marty jetzt wieder auf seine eigene Arbeit konzentrieren."

Pragya strahlt. „Ich freue mich, endlich hier zu sein und euch alle kennenzulernen."

Karen setzt sich zu den Kindern und sieht sie an.

„Wir haben heute im Rat beschlossen, euch jetzt eine Ausbildung zu geben. Ihr seid mit euren Lernprogrammen gut vorangekommen und seid in vielen Bereichen ausreichend vorbereitet, um eine praktische Ausbildung anzugehen."

Die drei sehen sich fragend an.

„Ihr müsst euch jetzt nicht gleich entscheiden, aber denkt bitte darüber nach und sagt in ein paar Tagen Bescheid, zu wem ihr ab nächster Woche in die Lehre wollt, ja?"

Die drei nicken.

Lukka hat keine Ahnung, welche Arbeit sie hier am liebsten machen würde.

„Ich will Arzt werden", flüstert Loran, „aber ich mag Dr. Leo nicht besonders gern und da müsste ich schon sehr viel Zeit mit ihm verbringen."

„Der ist aber ganz nett", meint Jen, „mit ihm hätte ich kein Problem, aber ich will nicht Arzt werden."

„Kann ich auch zu Dr. Tann?", fragt Loran.

Die Erwachsenen sehen sich kurz an und Karen schüttelt den Kopf. „Nein, ihr müsst vorerst hierbleiben. Später könnt ihr vielleicht weg, das müssen wir sehen. Für uns ist eure Ausbildung ja auch etwas Neues, ihr seid die ersten Azubis auf dem Mars."

Alle lachen.

Linda steht auf und räumt die Teetassen weg. „Was gibt es heute zu essen, Chef? Diese drei hier waren schon draußen und haben gearbeitet, die haben großen Hunger."

Marty reibt sich das Kinn. „Mal sehen, was ich zaubern kann in meiner Weltraumkombüse. Hat hier vielleicht jemand Lust, Koch zu werden?"

Lachend verschwindet er in der Halle.

„Und ihr müsst trotzdem noch euer heutiges Lernprogramm beenden! Ihr habt eine Stunde Zeit, na los!"

Unmotiviert setzen sich die drei Schüler wieder ihre VR-Brillen auf und fahren mit dem Unterricht fort.

Lukka ist erneut umgeben von irdischer Tierwelt, Tiere, die ihr sehr fremd vorkommen und die sie nie wirklich sehen wird. Wölfe und Hunde laufen um sie herum und doch wird sie nie wissen, wie sich das weiche Fell eines Hundes anfühlt.

Die Geschichten ihrer Mutter werden gerade sehr lebendig, ständig erzählt sie Lukka aus ihren Erinnerungen von der Erde. Immer wieder schwärmt sie von ihrem Hund Patsi, beschreibt mit geschlossenen Augen den Geruch des Tieres, das weiche Fell und die feuchte Nase. Wie oft hat Karen versucht, ihr zu beschreiben, wie sich das Fell eines Hundes anfühlt? Lukka fragt sich, ob es jemals möglich sein wird, Hunde auf dem Mars zu halten.

Vor ihr erscheinen jetzt die Fragen zu den Wölfen, doch sie hat überhaupt nicht zugehört und muss die letzte Ebene des Programms nochmal abspielen.

Sie seufzt und versucht, sich auf die Tiere zu konzentrieren. Doch es ist schwierig, immer wieder kommt jetzt der Gedanke an die bevorstehende Veränderung in ihrem Leben. Sie muss bald eine Entscheidung treffen, die ihre Zukunft prägen wird. Sie soll in die Arbeit der Erwachsenen eingewiesen werden und Verantwortung übernehmen müssen.

Schnell beantwortet sie die Fragen über die Wölfe und sieht sich die Zusammenfassung über die Ratten an. „Diese würden sich doch für den Weltraum eignen", denkt sie. Die Tiere sind recht intelligent, anpassungsfähig und brauchen wenig Platz.

Sie würde Pragya darauf ansprechen, die ist doch Biologin und weiß bestimmt eine Menge über Ratten.

Letzte Aufgabe, sie soll Ratten und Hunde miteinander vergleichen. „Easy", denkt sie, „das ist doch leicht."

„Lukka!" Ihre Mutter legt eine Hand auf ihre Schulter. „Bist du so weit durch mit deinen Aufgaben?"

Lukka verlässt das Programm und legt die Brille ab, dabei sieht sie, dass sich der Gemeinschaftsraum zum Mittagessen füllt. Ihr Magen grummelt auch schon wieder.

Marty schiebt gerade mit strahlendem Gesicht die Nahrung herein.

„Und was zaubert Marty, der Magier, nach dem Essen?", fragt er lachend.

„Kaffee?", rufen alle erwartungsvoll.

Die Vorfreude auf den Kaffee ist riesig. Lukka und Loran hoffen auf einen Nachtisch mit Kakao.

Sie fragen sich, warum diese Köstlichkeiten nicht auf dem Mars angebaut werden.

Man müsste doch nur größere Gewächshäuser bauen.

Pragyas Mann Rick ist auch im Gemeinschaftsraum angekommen und wird von Karen vorgestellt.

Er ist auch noch sehr jung, 27 Erdenjahre alt und viel größer als seine zierliche Frau. Seine Haare sind sehr kurz, wie die von Pragya, aber heller. Auch er macht einen sehr netten Eindruck und drückt Lukka ein Auge zu, als er merkt, wie sie ihn anstarrt.

Die beiden Jungs kichern, Lukka blickt genervt zu ihnen herüber, dann kommt das Essen auf den Tisch. Gefüllte Paprika mit Kartoffeln und frischem Salat. Hat Marty das Gewächshaus geplündert? Braucht Pragya Platz für neue Pflanzen?

Die Pflanzen waren tatsächlich ein wenig vernachlässigt worden, seit Beatrice weg ist.

Es ist das beste Essen seit Langem und alle freuen sich auf den Nachtisch. Und den Kaffee.

Nach dem Essen will Lukka allein sein und beschließt, ihren geheimen Platz am Fenster am Ende des Gewächshauses aufzusuchen. Dort kann sie gut träumen und nachdenken.

Sie schlendert durch den Garten, lauscht dem Plätschern des Brunnens in der Mitte des Raumes und geht langsam weiter, hinter den Bäumchen und Stauden entlang bis zur Tür. Dort duckt sie sich unter dem Heidelbeerbusch durch und bleibt wie angewurzelt stehen. Das Tor ist zu.

„Das darf doch nicht wahr sein", flüstert sie und drückt den Knopf an der linken Seite. Nichts.

Sie kann es nicht fassen und versucht, die Tür über den Handlesesensor zu öffnen. Da ertönt eine sanfte Stimme aus dem Gerät. „Sie haben hier keinen Zugang, tut mir leid."

Sie kann nicht rein. Tränen schießen ihr in die Augen. Was sollte sie tun? Sie hat sich gerade so darauf gefreut. Sie spürt ein unbekanntes Gefühl in ihr aufsteigen, eine Mischung aus Verlangen und Angst und schwindender Hoffnung. Sie ist zum ersten Mal in ihrem Leben frustriert und verzweifelt.

„Das kann doch nicht sein", flüstert sie und versucht es nochmal. Kein Zugang.

Mit Tränen in den Augen kauert sie hinter dem Maulbeerbusch und überlegt, was sie tun soll. Wieso ist die Schleuse auf einmal zu? Dahinter ist doch ihr geheimer Ort.

Lukka weiß nicht, wie lange sie da jetzt schon traurig herumsitzt. Langsam rappelt sie sich auf und geht durch den Garten zurück in die Halle und von dort zu den Iglus. Hier kommt ihr Karen entgegen. Sie sieht sofort, dass mit ihrer Tochter etwas nicht stimmt, und begleitet sie in die Küche ihrer kleinen Wohnung.

Diese Küche besteht aus drei Sitzgelegenheiten und einem Spender, der die täglichen Getränke und Snacks ausgibt, die man neben den gemeinsamen Mahlzeiten noch essen darf.

Lukkas Blick hängt am Spender, sie hat schon wieder Hunger.

„Sagst du's mir?", fragt Karen sanft.

„Du findest es bestimmt blöd", seufzt Lukka.

„Du kannst es ja mal versuchen", meint ihre Mutter lächelnd.

Lukka holt tief Luft und flüstert: „Ich komme nicht mehr ins Gewächshaus rein. Jemand hat die Schleuse geschlossen."

Karen nickt. „Ja, Pragya war entsetzt, wie leichtsinnig wir hier oben jetzt mit der Sicherheit umgehen. Auf der Erde wäre das kein Problem, doch hier auf dem Mars könnte eine Kontaminierung der Lebensmittel die Mission aufs Spiel setzen."

„Hä?" Lukka versteht überhaupt nichts. „Was für eine Kontaminierung? Hier ist doch alles steril."

Ihre Mutter schüttelt den Kopf. „Auf dem Mars hat sich das Leben in den letzten Jahren sehr verändert. Wir haben gelernt mit unseren Gefahren zu leben und ja … wir sind leichtsinniger geworden."

„Ich dachte, ihr seid hierhergekommen, weil es auf der Erde zu gefährlich war, und jetzt ist es hier plötzlich auch gefährlich."

„Nein… Ja doch, der Mars war noch immer gefährlicher, als es die Erde je sein kann. Und es ist in der Tat schwierig zu verstehen, was uns vor 26 Jahren dazu bewegt hat, die Erde zu verlassen. Wir waren unzufrieden, ständig diese politischen Lügen, überall gab es Aufstände und Kriege, zu viele Menschen lebten in riesigen Städten, alles war verschmutzt und ständig wuchs die Kriminalität, das alles hat uns sehr betrübt. Und wir hatten Lust auf Abenteuer, wir wollten etwas Neues wagen. Wir haben an eine neue, bessere Welt geglaubt, an einen Neuanfang auf dem Mars, einem eigentlich wildfremden, lebensfeindlichen Planeten."

„Warum wünscht ihr euch denn jetzt alle die Erde zurück?", wundert sich Lukka.

„Wir vermissen die Erde, sie war unsere Heimat. Die Erde ist wirklich ein sehr schöner Planet. Es gibt den Geruch der Bäume im Wald, das Plätschern des Wassers und das Meeresrauschen, die Sonne auf der Haut spüren, ein Tier streicheln…". Karen hält inne, ihre Augen sind geschlossen, doch Lukka sieht, dass sie gerade wieder sehr traurig wird.

Das Mädchen weiß, dass ihre Mutter großes Heimweh hat, manchmal ist sie tagelang deprimiert und kaum ansprechbar.

„Ich bin gerne hier und wir haben doch schon fast alles, wie auf der Erde, Pflanzen und Bäume gibt es ja im Garten und sogar das Plätschern des Wassers im Brunnen … und die Sonnenwiese!"

Dabei fällt ihr ein, dass sie schon zwei Tage lang kein Sonnenbad hatte und auch den Sport stark vernachlässigt hat.

„Du kannst das nicht verstehen", fährt Karen fort, „du kannst nicht etwas vermissen, was du nie hattest. Aber so wie du jetzt den Ausblick aus dem Gewächshaus schon vermisst, so geht es uns mit der Erde."

Ihr Blick verliert sich an der indirekt beleuchteten Decke und in ihrem Hals bildet sich der altbekannte Kloß. In Gedanken fügt sie hinzu: Heimweh nach der Erde ist nur noch ein wenig schlimmer.

Das Gespräch mit ihrer Mutter hat Lukka unruhig gemacht, sie mag ihre Mama nicht traurig sehen und weiß auch nicht, was sie dann sagen soll, um sie aufzumuntern.

„Ich muss zum Sport", sagt sie und drückt Karen einen Kuss auf die Wange. Dann eilt sie durch die Halle, den Gang runter zum Sportraum, um ein wenig zu laufen, das wird ihr jetzt bestimmt guttun.

Sie hat Glück, Jen und Loran sind auch gerade da. Jen strampelt lustlos auf dem Fahrrad, während der etwas jüngere Loran die Arme trainiert.

„Hey!" Jen ist sichtlich erfreut über die Abwechslung, „wollen wir boxen?"

„Gute Idee!", strahlt Lukka. Sie mag dieses Spiel eigentlich sehr, hat nur nicht immer Lust auf das Herumgehüpfe. Schläge hat sie auch schon eingesteckt, und die tun ganz schön weh.

Beim „Boxen" hängt der Körper in einem Gummiband. Sie hüpfen auf einem Trampolin und versuchen den Gegner mit Händen und Füßen aus dem Gleichgewicht zu bringen und über eine Linie zu drängen. Dabei wird es schnell zu wild und die Kicks ein wenig zu heftig.

Die beiden legen mit Pjotrs Hilfe die Gurte an und versuchen, aufeinander loszugehen.

Pjotr ist der Älteste im Habitat, er ist schon 63 Jahre alt und einer der ersten Siedler, die 2045 auf dem Mars gelandet sind. Meistens arbeitet er im Labor, programmiert aber auch die Roboter, die den Müll beseitigen und das Wasser wieder aufbereiten. Heute trainiert er seine Beine und die Bauchmuskeln und sieht den Kindern beim Kämpfen zu. Dabei wünscht er sich, auch so rumtoben zu können, ohne Rückenschmerzen.

Mit viel Gelächter beenden die beiden nach kurzer Zeit das Spiel. Jen hat einen ungewollten Schlag aufs Auge bekommen und Lukka hat sich den Fuß umgeknickt.

„Au, au, das tut weh! Ich kann nicht mehr auftreten", jammert sie.

„Dann müssen wir jetzt wohl den Doktor aufsuchen", meint Jen, „zumindest sieht er dann, dass wir trainiert haben."

Lachend humpelt Lukka den Gang hinunter.

„Ihr müsst auf eure Füße aufpassen", mahnt Leo, während er eine Salbe einreibt. „Ihr habt schmalere, weniger stabile Füße als eure Eltern. Euer Körper hat sich dem Leben auf dem Mars schon ein wenig angepasst."

Das haben die drei natürlich längst bemerkt.

Ihre Körper sind sehr schmal, verglichen mit den Erdlingen.

„Wenn ich Rick und Pragya so sehe", überlegt Jen, „sehen sie so robust aus, und auch ihre Haut ist anders."

„Ja", seufzt Leo, „die beiden waren vor einigen Monaten noch auf der Erde. Sie werden sich hier auch bald verändern."

„Ich möchte Arzt werden", sagt Loran jetzt, „darf ich meine Ausbildung bei dir machen, Dr. Leo?"

Der Arzt ist überrascht. „Das kommt jetzt ein bisschen plötzlich! Seid ihr denn schon so weit, eine Ausbildung zu beginnen?"

„Der Rat hat das heute Morgen beschlossen", antwortet Lukka und schlüpft in ihren Schuh. Im Habitat tragen die Bewohner sehr leichte Gymnastikschuhe.

„Ja gut", lacht Leo, „wenn das so ist! Wann soll's denn losgehen?"

Achselzuckend schauen sich die drei an.

„Nächste Woche", lacht Lukka und humpelt raus aus der Praxis. Da kommt Marty den Gang herauf, er hält einen Lappen auf die Hand gepresst.

„Ich habe mich geschnitten", murmelt er im Vorbeigehen und verschwindet im Behandlungsraum.

Lachend humpeln die Freunde in die Halle, weichen einem schlecht programmierten Putzroboter aus und sehen in den Garten hinein. Sie beschließen, ein wenig auf der Sonnenwiese zu liegen. Da gibt es UV-Strahlung aus Lichtröhren, die brauchen sie regelmäßig, um gesund zu bleiben.

Sie überlegen noch, welche Ausbildung für jeden von ihnen in Frage käme.

„Köchin Lukka, wo ist die Suppe?", fragt Jen und lacht sich halbtot über die Vorstellung von Lukka mit Schürze und Kochlöffel. So ein Bild haben die drei einmal im Unterricht ‚Früher auf der Erde' gesehen.

„Oh nein, Jen! Ich stehe total unter Druck, ich brauche psychologischen Beistand", jammert Lukka sehr dramatisch. „Du musst mir helfen, ich bin nicht ganz richtig im Kopf!"

Alle lachen.

„Dr. Loran, wie behandeln sie denn eine Schnittwunde?"

Der Kleine überlegt kurz. „Eigentlich weiß ich gar nicht, ob ich das sehen möchte, wenn Blut rausfließt. Aber glücklicherweise gibt es Roboter für große Eingriffe und schlimme Wunden, für Kratzer gibt's ein Pflaster."

Loran ist anders, viel ernster als die beiden älteren Kinder.

Lukka klopft ihm auf die Schulter. „Du wirst bestimmt ein toller Arzt!"

Jen überlegt, welche Ausbildung denn zu ihm passen würde. Er liebt Computer und Technik, doch so viele Berufsmöglichkeiten bieten sich ja auch nicht gerade im Habitat 2.

ENTDECKUNGEN

Eine Woche später.

Lukka hat beschlossen, die Ausbildung bei Pragya zu beginnen. Sie mag die junge Frau sehr und die Arbeit im Garten ermöglicht ihr weiterhin Zugang zum Gewächshaus und zu ihrem Lieblingsplatz mit Aussicht.

Mit einem Lächeln trinkt sie ihren Tee in der kleinen Küche und schlendert dann rüber zum Gewächshaus. Pragya erwartet sie schon.

„Guten Morgen Lukka", begrüßt sie die junge Frau. „Ich habe mir die Ergebnisse deines bisherigen Studiums angesehen, du bist eine gute Schülerin."

Lukka ist geschmeichelt und lächelt. Klar, sie hat alle Prüfungen sehr gut bestanden, ist sprachbegabt, neugierig und kann sich gut konzentrieren.

Die Biologin führt das Mädchen durch den oberen Teil des Treibhauses zu einem Raum, der mehr wie ein Labor aussieht als ein Gewächshaus.

„Hier werden die Samen gekeimt und Tests an den Pflanzen durchgeführt. Ich habe weitere Gemüse und Obstsorten von der Erde mitgebracht, die brauchen jetzt besonders viel Liebe, um in diesen Bedingungen zu wachsen," erklärt sie.

„Und was werde ich tun?", fragt Lukka neugierig.

„Erst einmal nur Gartenarbeit, dazu gibt es genügend Unterrichtsmaterial für dich. Die Pflanzen müssen täglich kontrolliert werden. Ein Schimmelbefall darf nicht übergreifen, das wäre verheerend für das ganze Treibhaus. Ein Ernteausfall wäre eine Katastrophe für die Gemeinschaft hier im Habitat."

Schimmel? Lukka hat noch nie Schimmel gesehen. „Was ist Schimmel?", fragt sie zögernd und erhält so ihre erste Unterrichtsstunde über Schimmel, Sporen und die Gefahren für die Menschen.

Lukka dreht der Kopf. Es gibt noch viel zu lernen. Sie wird doch wohl mehr tun müssen, als den Pflanzen beim Wachsen zuzusehen.

„Erst einmal müssen wir ernten und die schwachen Pflanzen aussortieren. Die werden kompostiert, daraus wird fruchtbare Erde oder vielmehr Marsboden."

Pragya bewegt sich zwischen den Hochbeeten und geht den Pfad herunter zum helleren Teil des Treibhauses.

„Wieso ist der obere Teil dunkel und künstlich beleuchtet? Es wäre für die Pflanzen doch besser, wenn es überall hell wäre, oder?", fragt Lukka.

„Naja, so richtig hell ist es auf dem Mars ja nie", denkt Pragya.

„Soweit ich weiß, war ein Teil des Gewächshauses nicht strahlensicher und wurde erstmal mit Boden aufgeschüttet. Habitat 2 ist die älteste Siedlerstation, in meinen Augen kaum noch bewohnbar."

„So schlimm?" Lukka weiß nicht, was hier besser sein sollte.

„Schau dir mal die Filme über die neuen Habitate an! Dann weißt du, was ich meine."

Als hätte sie etwas Falsches gesagt, senkt Pragya schnell den Blick und wendet sich den Pflanzen zu. Lukka merkt das und hakt erstmal nicht nach.

Gemeinsam ernten sie die Tomaten im unteren Bereich des Treibhauses, an Lukkas heimlichem Aussichtsplatz. Die Pflanzen müssen raus, sie sind welk und kraftlos und anfällig für Schimmel.

Anschließend schieben sie die Ladungen den Weg rauf zum Labor. Dort öffnet Pragya eine weitere Tür und zu Lukkas großem Erstaunen führt eine Treppe runter in einen Keller, von dem sie noch nie gehört hatte.

„Was ist denn das hier?", wundert sie sich.

„Hier unten wachsen die Pilze, Champignons und Chicorée. Hier werden auch Kompost und Dünger hergestellt und gelagert."

Lukka rümpft die Nase, es stinkt fürchterlich.

Pragya lacht, „Ein ungewohnter Geruch, nicht wahr? Hier werden auch die körperlichen Ausscheidungen der Siedler aufgefangen und weiterverarbeitet. Alles wird wiederverwertet."

Lukka ist entsetzt. „Und das ist unsere Arbeit?"

„Ja, leider. Dieses Habitat ist unterbesetzt. Hier müssten Roboter arbeiten, der arme Marty war monatelang völlig überfordert. Hier gibt es schon Maschinen und Roboter, aber die fallen ständig aus, müssten öfter gewartet werden, doch richtig gute Techniker gibt es hier auch kaum, die müssen von der Raumbasis rüberkommen. Linda hat schon ein volles Programm, Pjotr kümmert sich so gut er kann."

Sie kippen die alten Pflanzen in einen Behälter und Pragya gibt einen Befehl über die Tastatur am Schnellkomposter ein.

Dann verlassen sie den Keller und bringen die Tomaten in ein anderes Labor neben dem Treibhaus. Dort wartet die nächste Überraschung.

Loran steht neben Leo und starrt auf eine Flüssigkeit in einem Behälter.

Lukka schiebt den Wagen mit den Tomaten zu den beiden rüber.

Leo nimmt mehrere Tomaten vom Wagen, von unten, oben, quer durch die Ernte. Dann legt er sie in das erste Gefäß und erklärt: „Wir testen die Ernte auf mögliche Strahlung, Schimmel oder eingeschleppte Bakterien. Wir wollen ja nicht, dass hier alle krank werden."

Loran sieht Lukka von der Seite an. Worauf haben sie sich da bloß eingelassen? „Jen hat es bestimmt besser bei Linda", denkt Lukka.

Diese erste praktische Lehre endet mit der Mittagspause. Dann steht noch das übliche Lernprogramm an und der Sport. So ein Arbeitstag ist ganz schön lang. Die Kinder sind geschafft und hängen am Nachmittag im Gemeinschaftsraum ab.

„Wie war's denn bei dir, Jen?", fragt Lukka.

„Großartig! Ihr wisst ja, wie Linda ist. Sie hat mir so viel erzählt und gezeigt…" Er lacht zufrieden.

„Na, du hast Glück", murrt Loran. „Leo ist so trocken wie Astronautenfutter und Tomaten testen gehört wohl auch zu meiner Arbeit."

„Ja, hier müssen alle mehrere Arbeiten verrichten, das hat mir Pragya erklärt. Wusstet ihr, dass es hier einen Keller gibt?"

An den Gesichtern der beiden erkennt sie ein klares Nein.

Triumphierend fährt sie fort: „Ich war heute da unten, das ist gruselig und es stinkt fürchterlich!"

Ausführlich erzählt sie den anderen, was sich in diesem Keller befindet.

„Wieso ist der auf keiner Karte verzeichnet?", fragt sich Jen und beschließt Linda darauf anzusprechen, die weiß irgendwie alles über diese Station.

„Ja, und dazu fällt mir gerade noch was anderes ein!"

Lukka setzt sich vor einen der Bildschirme und beginnt am Rechner ihre Suche nach Informationen über die anderen Habitate.

„Was schaust du dir da an?" Jen ist neugierig geworden.

„Pragya meint, die anderen Habitate seien viel schöner als unseres, das will ich mir mal ansehen."

„Andere Habitate? Es gibt doch nur den Raumhafen, unseres, das Industriehabitat und das Neue. Meint sie das H4, was gerade in Bau ist?"

Lukka hat einen Eintrag gefunden, doch sie kann den Bericht nicht starten.

„Da brauchst du ein Passwort!" Jen zeigt auf das X in der Mitte des Schirms.

„Wieso ist das so geheim?" Loran schaut auf das verschwommene Bild einer unbekannten Siedlung im Hintergrund.

Er hat sich, genau wie Lukka und Jen, auch noch nie für die anderen Habitate interessiert. Er dachte, die seien alle gleich.

„Was denn für ein Passwort? Wartet, ich frag schnell mal Mama!" Lukka springt auf und macht sich auf die Suche nach Karen.

Diese ist in ihrem Arbeitszimmer und hat gerade keine Zeit. Dafür sucht sie stattdessen Pragya im Sportraum auf.

Verlegen erklärt die junge Frau, dass sie diese Information eigentlich hätte für sich behalten sollen.

„Rick und ich sind hier voraussichtlich auch nur für ein paar Monate stationiert, danach sollen wir in den Jezero-Krater umsiedeln. Dort entsteht eine richtige Stadt, Jezera, teils unterirdisch, teils auf der Oberfläche erbaut. Diese soll in zwei Jahren sehr viele Siedler aufnehmen können."

Lukka ist entsetzt. „Im Jezero-Krater? Der ist doch irre weit weg! Auf der anderen Seite des Planeten."

Pragya grinst, „Die Erde ist auch rundherum und überall bewohnt. Was ist daran so außergewöhnlich?"

„Na, ich dachte, wir sind hier die einzigen Siedler!"

Pragya schüttelt den Kopf. „Es gibt außer der Internationalen Marsbehörde noch andere Organisationen, die die Bebauung des Mars vorantreiben, auch private Unternehmen. Es gibt mittlerweile schon fünf Raumhäfen auf dem Mars, aber darüber weiß Rick mehr als ich."

„Was?" Lukka kann es nicht glauben. „Und da landen auch Raumschiffe von der Erde?"

„Oh ja, da landen Frachtschiffe, die Material für riesige Gebäude liefern und Bodenschätze zurück zur Erde bringen. Und bald bringen sie auch viele neue Marsbewohner hierher."

„Aber wieso ist die Information gesperrt? Wieso sollen wir das nicht sehen?"

„Das weiß ich nicht und das Passwort habe ich leider auch nicht. Ich konnte mir diese Filme auf der Erde ansehen. Da musst du wohl jemanden aus dem Rat fragen!"

Lukka eilt zurück zu den beiden Jungen und erzählt, was sie eben erfahren hat. Die beiden sind genauso geschockt wie sie.

„Ich will mehr darüber wissen!", knurrt Loran. „Bestimmt weiß Linda Bescheid, die weiß doch alles."

Die drei Freunde machen sich gleich auf die Suche.

Perfekt!, denkt Lukka, als sie Karen und Linda bei einem gemeinsamen Spaziergang im Garten erspäht.

Wie eine Wand stellen sich die drei vor die lächelnden Frauen.

„Was ist denn los? Was wollt ihr denn?", lacht Karen.

„Wir brauchen das Passwort, mit dem wir uns die anderen Habitate ansehen können!", fordert Lukka und gleichzeitig fragt Loran, wieso man ihnen das noch nie gezeigt hat.

Die beiden Frauen sehen sich erschrocken an und Linda winkt sie rüber zu einer Bank.

„Setzen wir uns erst mal und dann möchte ich wissen, wie ihr darauf kommt."

„Wir sind aus Zufall darauf gestoßen", meint Lukka schnell. Sie will Pragya nicht verraten.

Karen äugt hilfesuchend zu Linda rüber.

„Bisher hat es euch ja noch nicht interessiert und ihr wart ja auch noch zu jung für diese ... hm ... Informationen. Aber ihr werdet in nächster Zeit wohl eh noch eine Menge Fragen haben, ihr werdet ja schon langsam erwachsen."

Karen druckst herum und Linda hilft ihr weiter.

„Na ja, das war in eurem Lernprogramm bisher halt noch nicht vorgesehen."

Linda ist ganz verlegen, so anders als sonst.

Karen übernimmt wieder. „Es ist vielleicht an der Zeit, euch einige Dinge zu erklären, doch müssen wir dies zuerst mit dem Rat besprechen."

„Was ist das für eine Geheimniskrämerei?" Lukka kann es nicht fassen.

„Ja, und so wie ich meine Tochter kenne, wird sie keine Ruhe geben. Wir klären die Angelegenheit mit dem Rat und dann sehen wir uns den Bericht gemeinsam an. Ihr braucht nur noch ein wenig Geduld."

Lukka will noch etwas erwidern, doch Jen zieht sie am Ärmel hoch.

„Na gut", murrt sie unzufrieden und starrt auf den Boden. Sie hasst es, wenn ihre Mutter ihr Dinge verschweigt. Zusammen mit den Jungs trottet sie in Richtung Sonnenwiese und lässt Karen und Linda verwirrt auf der Bank zurück.

„Die wollen uns nicht zeigen, was es auf der anderen Marshälfte gibt. Wieso sollen wir das nicht wissen? Wovor haben sie Angst?", flüstert sie.

Sie brüten noch eine Weile über die Vorstellung von drei weiteren Siedlungen auf ihrem Planeten und wie weit diese doch von Erebus Montes entfernt sind.

„Glaubt ihr, es gibt dort noch andere Jugendliche oder Kinder, die auf dem Mars geboren wurden?", fragt Loran nachdenklich.

Jen reibt sich das Kinn. „Ich frag mich schon lange, wieso wir die Einzigen sind und wieso nach uns keine Kinder mehr hier zur Welt kamen. Da ist wohl irgendwas schiefgelaufen."

Lukka hat genug von der Sonnenbestrahlung. Sie steht auf und schüttelt ihre langen, dünnen Arme und Beine.

„Ich habe Hunger", stöhnt sie.

Loran reibt sich auch den Bauch. „Der knurrt schon eine ganze Weile."

Aber Jen ist noch ganz in Gedanken versunken.

„Diese geheimnisvolle Geschichte lässt mir jetzt keine Ruhe."

Lukka kratzt sich am Kopf.

„Ich will auch nicht warten; bis der Rat beschließt, uns aufzuklären."

„Wir müssen das anders herausfinden", meint Jen und die drei gehen zum Abendessen in den Gemeinschaftsraum.

Marty macht seine üblichen Witze und Pjotr ärgert sich über Dinge, die gerade auf der Erde passieren. Lukka hat keine Ahnung, wovon er spricht, sie sollte vielleicht anfangen, sich ein wenig für die tausend Probleme des anderen Planeten zu interessieren. Später, jetzt gilt ihre Aufmerksamkeit erstmal den leckeren Gemüsepuffern.

Beim Nachtisch werden die Gespräche dann interessant, als Linda anfängt, von ihrem Leben auf der Erde zu erzählen. Wie sich die junge Ingenieurin damals auf ein Abenteuer einließ, das sie so nicht geplant hatte.

„Der Mars, der Mars, das war mein Ziel", schwärmt sie und presst dabei beide Hände auf ihr Herz. Dann senkt sich ihr Blick und etwas wehmütig erzählt sie weiter. „Jetzt bin ich schon 26 Jahre in dieser Station. Sie ist trotz allem mein Zuhause geworden, aber einfach war es nicht."

Sie habe nach dem Tod ihres Mannes zurück zur Erde fliegen wollen, aber da sei es ja zu spät gewesen.

Die anderen nicken und Marty murmelt etwas von einer sehr beunruhigenden Zeit.

„Wie ist dein Mann denn eigentlich gestorben?", fragt Loran neugierig.

„Bei einem Außeneinsatz", erzählt sie. „Die Anzüge waren damals noch sehr viel klobiger als heute. Sie sollten sich auf der Suche nach Wasser eine kleine Höhle ansehen, nicht weit von hier, und dabei war er unvorsichtig gewesen. Er rutschte ab und seine Lebenserhaltungssysteme wurden zwischen den Felsen abgerissen. Er konnte es nicht überleben."

„Und warum konntest du nicht zur Erde zurück?", fragt Jen.

„Weil keine Raumschiffe mehr kamen. Auf der Erde war der große Krieg ausgebrochen. Das habt ihr doch schon in euren Programmen durchgenommen, oder?"

Die drei nicken und versuchen, sich an das Gelernte zu erinnern. Es muss sehr schlimm gewesen sein auf der Erde, fast überall wurden Städte durch Atombomben zerstört und die Militärbasen wurden angegriffen. Und die Raumfahrt wurde gestoppt.

„Wieso wurde eigentlich die Raumfahrt gestoppt?", fragt Lukka nachdenklich.

„Die Menschen wollten fliehen, wussten nicht wohin, glaubten, die Erde würde untergehen. Wer genügend Geld hatte, wollte plötzlich zum Mars oder wenigstens zum Mond fliegen, um dort zu überleben", erklärt Karen.

„Daraufhin haben mehrere Terrororganisationen begonnen, die Raumfahrtprojekte überall auf der Erde zu zerstören", knurrt Marty grimmig. „Monatelang waren wir ohne Funkverkehr, ohne Nachricht von unserem Heimatplaneten, das war eine schlimme Zeit."

„Ja, anfangs war es die Hölle", erinnert sich Linda und fährt fort, „und bis die ersten Raketen wieder von der Erde starten konnten, vergingen fast zehn Jahre."

„Zehn Jahre!", staunt Jen. „Was habt ihr so lange gemacht, so allein?"

„Wir haben überlebt", lacht Karen, „gemeinsam, stark und unerschrocken. Jeder musste alles können und wir mussten zusammenhalten, wir konnten uns ja nur auf uns selbst verlassen, sonst war ja niemand da."

„Und so seid ihr zu dieser Gemeinschaft geworden, ihr seid die Ältesten hier und ihr habt die erste Pionierzeit allein überlebt, alle Achtung!"

Rick und Pragya haben auch zugehört und setzen sich jetzt näher zu ihnen.

„Ja, junger Mann, wir sind der Rat und wir lassen uns nicht in die Suppe spucken."

Marty hebt sich und fängt an, die Teller abzuräumen.

Was ist denn jetzt los?, fragt sich Lukka und schubst Jen an. Der nickt und die beiden begleiten den Koch in die Küche.

„Wer spuckt dir denn in die Suppe, Marty?", fragt Lukka leise.

„Die beiden Neuen, die sind doch von der IMB geschickt worden, um uns auszuspionieren", knurrt er.

„Warum sollten die das tun?", fragt Jen und sieht dabei fragend zu Lukka rüber.

„Die Behörde will uns loswerden!", zischt Marty und verschwindet ohne weitere Erklärung im Labor. Er hat wohl keine Lust mehr auf die Fragerei.

Wenig später sitzen die drei Freunde am Brunnen und fragen sich, was Marty wohl mit ausspionieren meinte und wieso Rick und Pragya?

Lukka mag die junge Frau sehr und kann sich nicht vorstellen, dass sie etwas Böses vorhat.

„Obwohl...", beginnt Lukka und ihre Gedanken rasen. „Pragya sagte, sie sollten nur einige Monate hierbleiben und dann zum Jezero-Krater fliegen, gehört die Kolonie da drüben denn auch zu der Internationalen Marsbehörde?"

Loran zuckt die Achseln. „Keine Ahnung, solange wir nicht an Informationen kommen, wissen wir gar nichts. Bis vor Kurzem wussten wir ja nicht einmal, dass wir hier nicht allein sind."

Lukka richtet sich auf und sieht die beiden an.

„Ich muss Opa fragen! Pragya hat sich die Filme doch neulich auf der Erde angesehen, dann kommt Opa bestimmt auch an solche Informationen ran."

„Kannst du ihn gleich fragen?", drängt Jen. „Ich will wissen, was hier los ist!"

Aufgeregt verlassen sie den gemütlichen Platz am Brunnen, eine solche Situation hat es in ihrem Leben bisher nicht gegeben. Stets war alles ruhig und vorhersehbar gewesen und plötzlich tut sich eine unbekannte, aufregende neue Welt vor ihnen auf.

Sie sind verunsichert, wissen nicht, was sie entdecken werden, was auf sie zukommen wird.

Die drei eilen zum Kontrollraum, wo Linda sich gerade bemüht, einen alten Raumanzug zu reparieren.

Lukka wundert sich, da ja neue Anzüge von der Erde angekommen sind. Aber irgendwie versteht sie jetzt besser, warum die Älteren hier so sind, wie sie sind.

Sie mussten zehn Jahre lang ohne Hilfe hier überleben, alles selbst reparieren, Nahrung und Wasser gewinnen und absolut alles wiederverwerten.

„Hallo Linda", grüßt Jen, „kann Lukka schnell mal ihren Opa anrufen?"

„Ihr habt's aber eilig", lacht sie, „leider haben wir gerade Funkprobleme, der Satellit auf dem Asteroiden ist ausgefallen, es kann ein paar Stunden dauern. Besser ihr kommt morgen früh, ja?"

Morgen früh? Lukka rechnet schnell nach. Mit zurzeit zwei Stunden Vorsprung auf Mitteleuropa müsste dort dann sehr früher Morgen sein. Da ist Opa aber bestimmt schon bald auf den Beinen.

Die drei trennen sich in der Halle, Loran und Jen gehen schlafen, während Lukka sich noch mit ihrer Mutter einen Film von der Erde ansieht.

Es geht um einen Mann, der einen Schatz sucht und dabei um die halbe Erde reist. Lukka findet die Landschaften sehr interessant, so anders als auf dem Mars und so bunt.

Karen wird dann immer ganz still. Sie würde so gerne noch einmal über eine riesige, saftige, grüne Wiese gehen, draußen im Freien, ohne Raumanzug.

Es ist der nächste Tag.

Linda kommt gerade mit einer Tasse Tee an, als am frühen Morgen die Kinder schon auf ihrer Matte stehen.

„Ihr habt's aber wirklich eilig!", lacht sie kopfschüttelnd und schaltet die Verbindung frei.

„Das Tor zur Erde ist offen!", Linda macht den Platz am Computer frei.

Lukka wird plötzlich bewusst, dass hier jeder Ausgang als Tor bezeichnet wird, so als sei das Habitat eine Festung. Vielleicht ist es für die älteren Siedler wirklich so etwas wie eine mittelalterliche Burg.

„Na mach schon!" Loran zerrt sie ungeduldig aus ihren Gedanken.

Grinsend eröffnet Lukka das Gespräch.

„Hallo Opa!", lächelt sie in die Kamera. „Ich hoffe, es geht dir gut. Das hier sind meine Freunde, Jen und Loran."

Die beiden winken etwas verlegen in die Linse.

„Wir bräuchten deine Hilfe!" Dann lehnt sie sich näher an den Schirm und flüstert: „Kannst du für uns herausfinden, wie viele Stationen es mittlerweile hier auf dem Mars gibt und wie groß sie sind..."

„Und wie sie aussehen", flüstert Jen von der Seite.

Lukka nickt. „Ja, wie sie aussehen und wie viele Siedler es dort gibt."

Sie hört, wie Linda den Kontrollraum betritt, und lehnt sich schnell wieder zurück.

„Ja, Mama geht es recht gut, sie hat grad nicht so viel Heimweh und Papa war in letzter Zeit auch öfter da."

Bei einem Blick über die Schulter sieht sie, wie Linda hinter den Raumanzügen verschwindet.

Schnell lehnt sie sich nochmal nach vorn.

„Bitte Opa, wir kommen hier nicht an diese Informationen! Und Mama will auch nicht darüber reden. Du bist unsere große Hoffnung."

Mit einem Lächeln und einem lauten „Bis bald Opa, Tschüüüüüss!" drückt sie auf Stopp.

Jetzt heißt es abwarten.

Jen schaut sie fragend an. „Wieso hast du geflüstert? Sollte Linda nichts hören?"

Lukka kaut besorgt an ihrer Unterlippe.

„Ich glaube, die wollen alle verhindern, dass wir darüber mehr wissen. Habt ihr die eigenartigen Blicke zwischen Mama und Linda gesehen, als wir nach dem Passwort gefragt haben?"

„Vielleicht hast du Recht, sie hatten Angst, dass wir was rausfinden könnten", meint auch Jen.

„Fertig mit dem Video?", ruft Linda. „Habt ihr Lust auf einen Marsspaziergang? Ich melde euch bei Leo und Pragya ab, wenn ihr wollt."

Die drei sind sofort begeistert. Klar wollen sie raus.

„Aber nicht wieder Panels putzen", scherzt Jen.

„Nein, diesmal keine Panels, aber die Kuppel muss entstaubt werden, man sieht ja kaum mehr raus."

„Oh", staunt Loran, „ist das nicht gefährlich?"

„Ihr müsst natürlich auf euch aufpassen, wie immer da draußen."

Eine Stunde später stehen sie am Tor zur Hölle.

„Wer hat dieser Schleuse eigentlich diesen furchterregenden Namen gegeben?", fragt Lukka nachdenklich. „Hat das mit dem Drachen zu tun?"

Linda lacht und überlegt kurz, bevor sie antwortet. „Das hieß schon so, als wir damals hier ankamen. Die ersten Siedler oder sogar die Erbauer des Habitats werden es wohl so genannt haben."

Dann öffnet sie die Schleuse und die vier Astronauten treten in ihren nicht mehr ganz weißen Raumanzügen ins Freie.

Der direkte Anblick der felsigen, roten Landschaft nimmt den jungen Marsianern immer noch den Atem, obwohl dies schon ihr vierter richtiger Ausgang ist.

Die Station

Höhle

H2

H3
H4

Vor ein paar Tagen durften sie raus, um Ricks neuen Huber zu bestaunen, das hat vor allem Jen sehr beeindruckt. Er würde ja am liebsten Pilot werden, ist dafür jetzt aber noch zu jung.

Lukka wäre gern mal mitgeflogen, aber auch das ist den Jugendlichen noch nicht erlaubt.

Das Mädchen stellt sich in letzter Zeit oft ernsthaft Fragen über die Verbote und Regeln, die ihr so gar nicht mehr gefallen. Woher kommen diese Regeln? Wer macht die überhaupt?

„Hier entlang!" Wieder wird sie durch Lindas Stimme aus ihren Gedanken gerissen. Ach ja, die Kuppel!

Jen und Loran schreiten bereits mit großen, sicheren Schritten nach links um das Habitat herum.

Zuerst überqueren sie den Parkplatz mit dem Rover. Dahinter sehen sie den Hügel aus Erde und Geröll, unter dem der Garten liegt, der innen künstlich so hell beleuchtet ist, dass es wie natürliches Licht aussieht. Am Ende des Hügels erkennt Lukka jetzt den langen, halb verschütteten Arm des Treibhauses, mit dem Fenster am unteren Ende.

Es fühlt sich eigenartig an, heute auf der anderen Seite des Fensters zu stehen. Wie oft hat sie vor Kurzem noch davon geträumt und jetzt kommt es ihr vor, als sei das alles ganz lange her.

Dann sehen sie einen Weg, der den Hügel hinaufführt.

Sie steigen die langen Stufen zur Kuppel hoch und halten inne, die Aussicht ist wunderschön. Die blasse Sonne schimmert leicht blau am dunklen, felsigen Horizont.

Die Kinder wissen, dass es auf dem Mars nie sehr hell wird. Der Planet ist schon sehr weit von der Sonne entfernt.

Aber der Mars ist ihr Zuhause und sie finden ihn unnachahmlich schön.

„Ah, da haben wir ja den Salat!"

Linda hält ein loses Kabel in der Hand. „Das hier muss wieder angeschlossen werden, dann können sich die Fenster wieder automatisch entstauben."

„Wie kann sich das Kabel losreißen?", wundert sich Jen.

Linda meint, es seien die wilden Marsratten, die nachts um die Habitate roden.

„Die würde ich aber gerne mal sehen", Loran grinst und geht weiter um die Glaskuppel herum. Da liegt ein weiteres loses Kabel.

„Kann das der Sturm gewesen sein?"

Linda steht still und blickt in die Ferne. „Der letzte Sturm liegt Wochen zurück. Das Lüftchen der letzten Tage kann keine Kabel freilegen."

„Also doch die Marsmäuse?", meint Jen fragend.

„Sei nicht albern!", entfährt es Loran. „Wie können diese Kabel hier so lose herumliegen? Hier kommt doch nie jemand her! Oder?"

„Es wird wohl irgendwo eine Erklärung geben", knurrt Linda und holt Werkzeug aus ihrem weißen Wunderkoffer. Da ist alles drin, was man braucht, um auf einer Außenmission Dinge zu reparieren.

Mit ihren dicken Handschuhen zaubert sie geschickt ein Verbindungsstück hervor und repariert gekonnt das Kabel, das unter dem Boden, über das Dach des Kontrollraums hinweg, runter zu den Panels verläuft.

„Ich werde mich morgen umhören. Vielleicht war von der Raumstation jemand hier oben und hat nicht aufgepasst."

Lukkas Gedanken rasen. Da stimmt doch wieder etwas nicht. Was ist auf einmal hier los? Von der Raumstation? Die kommen doch fast nie zum Habitat 2.

Linda repariert auch das zweite Kabel und die Fensterputzer gleiten wieder knirschend über die Scheiben der Kuppel.

„Da!" Loran zeigt auf einen Punkt hinter den Bergen. Es ist wieder Phobos, einer der beiden Marssatelliten. Der Mond umkreist täglich den Planeten zweimal entlang des Äquators und obwohl er sehr klein ist, kann man ihn gut sehen, weil er nur 6000 Kilometer über der Marsoberfläche seine Bahnen zieht.

Bevor sie vom Dach des Habitats absteigen, beobachten die vier noch einen Augenblick ihren Marsmond, ein unglaublich schönes Schauspiel. Der unförmige Brocken schiebt sich langsam über das Gebirge am Horizont. Da steht er nun hell und bedrohlich nahe im gelblichen Morgenhimmel.

Die Kinder sind verzaubert von diesem ungewohnten Anblick, doch Linda ruft sie zur Treppe.

„Achtung! Passt beim Abstieg gut auf, dass ihr nicht abrutscht!"
Wie kleine Pinguine trotten sie achtsam hinter Linda den Weg wieder runter und um die Station herum zur Schleuse.

Noch während sie aus den Anzügen steigen, ruft Linda: „Da ist eine Nachricht für die junge Dame!"

„Opa!" Lukka hat fast vergessen, dass Opa antworten sollte.

Die drei werfen sich vielsagende Blicke zu. Vielleicht erfahren sie jetzt etwas mehr über die Besiedlungspläne ihres Planeten.

Schnell räumen sie unter Lindas prüfenden Blicken die Raumanzüge weg, bedanken sich und gehen rüber in den Bereich, wo der Kontrollraum in den Gemeinschaftsraum übergeht. Da belagern sie den Bildschirm so, dass Linda nichts sehen kann.

Und tatsächlich spielt Opa die geheime Mission voll mit.

Er redet über seine geplante Reise nach Thailand und zeigt dabei unauffällig einen Buchstaben. Dann erzählt er vom unbeständigen Wetter in Europa, von seinen alten Knochen und Stivs Hund.

Alle drei haben die vier Buchstaben im Kopf gespeichert, als Opa sich verabschiedet und dabei auf einen Link unten im Bild zeigt.

„Schnell Loran, notier den Link!", zischt Jen.

„Ich habe ihn bereits im Kopf", meint der.

Loran ist schon ein wenig anders. Er kann sich Dinge unheimlich schnell merken, wenn er will, und erkennt Zusammenhänge wahnsinnig gut, viel besser als die anderen beiden.

Dann beugt sich Opa leicht nach vorn und drückt ein Auge zu. „Meine kleine Lukka, ich wusste schon immer, dass du eine Piratin bist!"

Lukka verzieht das Gesicht. Was meint er damit? Eine Piratin?

„Danke Opa!", haucht Lukka und die drei verschwinden aus Lindas Blickfeld.

„Gibt es nur diese beiden Rechner hier im Gemeinschaftsraum?", fragt Lukka.

„Um einen Link abzurufen, brauchen wir Zugang zu Erdendaten. Da gibt es eigentlich nur unser Telefon und Lindas Rechner im Kontrollraum." Jen kennt sich in der Computertechnik sehr gut aus.

„Aber wie kommen wir an Lindas Rechner, ohne dass sie es merkt?", fragt Lukka. „Sie arbeitet ja praktisch rund um die Uhr."

Jen überlegt kurz.

„Ich kann versuchen, an ihren Arbeitsplan ranzukommen, dann weiß ich, wann sie länger abwesend ist. Der Plan liegt auf ihrem Schreibtisch."

„Gut, wir lenken sie kurz ab!" Lukka geht zurück in den Kontrollraum.

„Hast du eigentlich die neuen Raumanzüge da? Wir haben noch keinen gesehen."

Linda schnaubt verächtlich: „Wir haben auch nur zwei davon bekommen. Wenn wir mehr wollen, müssen wir bestellen und ‚bitte bitte' sagen."

„Was? Und dann wieder zwei Jahre warten?"

„Wir werden sehen. Heute Nachmittag wird der Rat beschließen, wie wir vorgehen werden."

Im Augenwinkel sieht Lukka, wie Jen den Daumen hochhebt und ihr hinter Lindas Rücken zunickt.

Lukka plaudert unauffällig weiter. „Habt ihr einen großen Rat? Wird Papa auch da sein?"

Endlich lächelt Linda wieder. „Ja, dein Papa wird noch heute Morgen hier eintreffen. Mit Jens Vater. Die beiden wollten euch eigentlich überraschen."

Lukkas Herz überschlägt sich fast vor Glück. Auch der eher gefasste Jen kann seine Freude kaum verstecken. Doch sie wollen Loran nicht traurig sehen.

Sein Vater ist kurz nach Lorans Geburt zurück zur Erde geflogen, er konnte das Leben auf dem Mars nicht ertragen. So ist der Junge hier ohne seinen Papa aufgewachsen.

Loran telefoniert noch oft mit ihm. Er hat auf der Erde auch noch einen kleinen Halbbruder, Finn. Doch sein Vater fehlt ihm hier.

Wie immer, wenn es etwas zu besprechen gibt, zieht sich die Jugend auf die Sonnenwiese zurück. Um diese Zeit ist da keiner und sie können reden.

Jen beginnt. „Der Rat trifft sich um vier Uhr im Garten, es wird ein öffentlicher Rat abgehalten, vermutlich am Brunnen."

„Dann will man wohl die Meinungen der gesamten Gemeinschaft hören, was liegt denn da so Wichtiges an?", fragt sich Lukka.

Loran meint, dass im Moment alles ein wenig anders sei als sonst, dass sich wohl auch einiges ändern werde.

Jen macht ein besorgtes Gesicht. Loran hat ein gutes Gespür, er riecht den Mist schon, bevor er zu stinken beginnt.

„Gut, wir treffen uns um vier Uhr in der Halle und sobald alle im Garten sind, schauen wir uns Opas Link an."

Lukka ist ohne Zweifel die führende Kraft der drei.

„Anschließend hören wir uns im Garten an, was der Rat beschließt."

Die Jungen nicken und Lorans Magen grummelt laut.

„Hast du ein wildes Tier gegessen?", lacht Jen.

Loran springt auf. „Ich will jetzt Mittagessen!"

Im Gemeinschaftsraum herrscht reges Treiben, alle sind hungrig, Chris und Sigurd schlingen ihre Arme um ihre Kinder und wie immer wird Loran liebevoll miteinbezogen.

Marty hat reichlich gekocht und gezaubert, eine leckere Gemüsesuppe, eine Proteinmasse mit Kräutern und Kartoffeln aus dem Gewächshaus. Lukka sieht das Gemüse jetzt mit ganz anderen Augen. Stolz erzählt sie ihrem Vater, wie es angebaut wird und worauf man achten muss. Sie bräuchten mehr Platz zum Anbauen, meint sie, ob er das im Rat erwähnen könne?

Chris lächelt seiner Tochter zu und nickt. Er ist stolz auf sein Mädchen, das auf dem Mars zur Welt gekommen ist und diesen selbstverständlich als ihre Heimat ansieht, obwohl der Mars den Siedlern immer noch das Leben sehr schwer macht.

Manchmal fragt sich Chris, warum damals auf einmal alle so versessen auf andere Welten waren, warum auch er und Karen auf einmal unbedingt zum Mars wollten. Was hat sie damals von der Erde fortgetrieben? Wollten sie es irgendjemandem zeigen? Würden sie heute nochmal so handeln?

Er seufzt und merkt, dass Karen ihn beobachtet. Bestimmt kann sie wieder seine Gedanken lesen.

Nach dem Essen bleiben die meisten noch ein wenig am Tisch sitzen, Lukka findet das sehr gemütlich, doch Karen scheucht die Jugendlichen zu Marty in die Küche.

„Ihr müsst das Essen für heute Abend vorbereiten, denn Marty hat heute Nachmittag keine Zeit."

Sie lacht laut, als sie das Entsetzen der Kinder in ihren Gesichtern sieht.

„Keine Angst, das schafft ihr schon. Marty! Bring ihnen schnell bei, wie man Kartoffeln schält!"

Als sich die Tür zum Gemeinschaftsraum schließt, setzt Marty erst einmal drei Schälchen Heidelbeerkompott auf den Tisch.

„Probiert das mal, selbst gemacht. Heute gibt's Kochunterricht, aber keine Angst, das meiste machen die Küchenroboter, ihr müsst ihnen nur die richtigen Befehle geben. Ich werde euch zeigen, wie das geht."

Während die Kinder das Kompott mit lautem ‚Mmmh' und ‚Lecker' auslöffeln, zieht Marty aus einem Regal einen Ordner. Darin befinden sich Bildkärtchen mit ganzen Gerichten und auf der Rückseite die Rezepte in mehreren Sprachen.

„Da, sucht euch was aus!" Marty legt einige der Kärtchen auf den Tisch.

Die drei neuen Köche drehen die Kärtchen um und versuchen herauszufinden, wie sie die Aufgabe angehen sollen. Keiner von ihnen hat je beim Kochen zugesehen.

Marty hilft ihnen ein wenig und bald einigen sie sich auf ein Gemüsecurry mit Ei, also vielmehr Stückchen aus Ei Ersatz, ziemlich unkompliziert so lange alle Zutaten vorhanden sind.

Dafür hat Marty schon gesorgt. Er zeigt ihnen, wie man den Schäler einstellt, die Schneidmaschine und den Garer. Genaue Angaben stehen auf den Kärtchen.

„Das kriegen wir hin!", meint Lukka.

„Das macht bestimmt auch Spaß!", sagt Jen und Loran grinst nur.

Marty nickt und verlässt die Küche.

Eine Maschine piept, mit einem Klack öffnet sich ein Seitenteil und ein Roboterarm schiebt einen Stapel Teller ins Regal.

„Wir müssen jetzt verdammt schnell sein, damit wir nachher verschwinden können", zischt Lukka.

„Also, sofort anfangen." Loran studiert das Kärtchen.

„Zutaten holen, das meiste ist Gemüse. Lukka! Das machen wir beide, während Jen das Bohnenpulver rührt und die Maschinen programmiert und dann bereiten wir alles vor."

„Genau, dann können wir uns das Video auf mein Tablet laden, während das Gemüse gart."

Jen hebt die rechte Hand und die anderen beiden legen ihre dazu, sie sind ein Team.

Etwas später ... die Zutaten sind im Topf, die Maschine tut den Rest. Die drei schleichen aus der Küche, es ist ruhig geworden, der Gemeinschaftsraum ist leer.

Lukka späht in die leere Halle, alle haben sich im Garten versammelt. Sie huscht zurück zu den anderen.

Vorsichtig öffnen sie die Tür und schleichen in den Kontrollraum. Jen gibt schnell den Link ein, den Loran ihm diktiert. Dann die Buchstabenfolge, um den Link zu öffnen.

Ein Video, Reportagen, Fotos und Zeitungsartikel befinden sich in Opas Post.

Die drei sehen sich kurz an, vor Staunen sprachlos.

Loran wird unruhig. „Wir sollten hier verschwinden. Schick die Daten auf dein Tablet, Jen!"

Doch Jen ist wie immer ganz lässig. „Nun mach dir nicht in die Hose, die sind im Rat!"

In dem Augenblick hören sie ein dumpfes Poltern und ein knarrendes Geräusch im hinteren Raum, wo die Anzüge hängen.

„Was ist das?" Lukka sieht sich um.

Es sind mehrere Schritte zu hören, die Kinder stehen ganz still und lauschen.

Dann ein Scharren und Quietschen und das Geräusch einer Klappe.

„Hinter die Kontrollwand, schnell!" Loran hat plötzlich ein schlechtes Gefühl.

Sie hören noch ein Rumpeln und ein Keuchen, dann wieder Schritte, diesmal näher. Alle drei halten die Luft an und versuchen, durch die winzigen Löcher früherer Schrauben etwas zu sehen. Da kommt hinter den Raumanzügen ein Mann hervor und sieht sich um.

Er geht zum Gemeinschaftsraum und lauscht kurz, dann kommt er zurück. Beim Rechner hält er inne, geht dann ein paar Schritte weiter und macht irgendwas an den Kontrollpanels. Sie können ihn aber leider nicht dabei sehen. Dann geht er wieder vorbei, schleicht mit einem flüchtigen Blick über die Schulter hinter die Raumanzüge und verschwindet so, wie er aufgetaucht ist, mit den knarrenden Geräuschen einer verrosteten Klappe.

Die drei bleiben noch einige Minuten ganz still und lauschen, doch außer ihrem Atem und den entfernten Stimmen im Garten hören sie nichts mehr.

Dann bricht Jen die Stille. „Wer war das? Und was hat der hier gemacht?"

„Und woher ist der gekommen?" Lukka geht rüber zu den Raumanzügen. Alles ist an seinem Platz. Der Boden ist verschweißt, da kann keiner durch. Sie sieht sich die Wände genauer an. Da ist eine Naht hinter den Anzügen, die betrachtet sie näher.

„Kommt mal her, ich hab was gefunden!"

„Könnte eine Tür sein", meint Jen.

„Meint ihr Linda weiß das?"

„Das sind einfach zu viele Fragen, was zum Henker wird hier gespielt?" Lukka spürt ein unbekanntes Gefühl in ihr aufsteigen. Sie würde am liebsten schreien, irgendwo draufschlagen und gleichzeitig weinen. In ihrem Leben ist nichts mehr, wie es war. In ihrem Kopf hämmert es und sie hört die Stimme ihrer Mutter. „Du musst lernen loszulassen, mein Kind! Das Leben verändert sich dauernd und du bist ein Teil der Veränderung."

Sie will aber nicht, dass sich alles verändert. Oder doch? Sie will schon erwachsen werden und neue Möglichkeiten haben. Sie möchte aber auch ihr altes, sicheres, vorhersehbares Kinderleben behalten.

Der Fremde im Kontrollraum

„Lukka!" Loran packt sie am Arm und zieht sie in den Gemeinschaftsraum. Dort schauen sie sich nochmal um. Die Erwachsenen sind alle im Garten. Der Junge legt seine Hand auf die Lichtplatte an der Tür und sie schlüpfen schnell in die Küche.

Jen bleibt noch im Kontrollraum, um den Download zu beenden. Als er fast fertig ist, kommt ihm eine Idee. Dies ist eine einmalige Gelegenheit, sich in Lindas Rechner zu hacken.

Lukka sieht nach dem Essen. „Bald fertig", sagt sie abwesend.

Jen ist auch schon wieder da und lehnt sich lässig an die Wand. „Was sollen wir jetzt tun?"

Loran meint, sie sollten das mit dem Mann Linda sagen, aber Lukka ist dagegen.

„Dann weiß sie, dass wir im Kontrollraum waren. Wir sollten herausfinden, wer dieser Mann ist und wie er da reingekommen ist."

Loran überlegt. „Da muss es einen Geheimgang geben, eine Verbindung zum Keller vielleicht."

Lukka nickt. „Ich habe Zugang zum Keller, wir sollten sofort nachschauen."

Jen verzieht das Gesicht. „Wir können jetzt aber nicht unauffällig an der Versammlung vorbeilaufen."

Loran grinst. „Es gibt einen anderen Weg, über Doktor Leos Büro ins Labor und von dort ins Treibhaus, und da habe ich Zugang."

Jen hebt die Hand zum Teamklatschen und sie huschen geräuschlos und unbemerkt zur anderen Seite der Halle. Dort verschafft ihnen Loran Zugang zu Dr. Leos Praxis. Dahinter liegt das Treibhauslabor. Es klappt, Lukkas Hand öffnet auch diese Tür und schließlich die Tür zum Keller.

Ein starker Gestank verschlägt ihnen den Atem. Mit verzerrten Gesichtern steigen sie hinab.

„Das ist ja eklig!", stöhnt Jen.

„Kommt mit!" Lukka führt sie an den Komposttanks vorbei in einen zweiten unterirdischen Raum, in dem Pilze und andere lichtscheue Kulturen wachsen.

„Hier müssten wir uns unter der Halle befinden!"

Jen sieht sich um. „Der Kontrollraum liegt etwas weiter links, aber hier ist keine Tür! Hier geht's nicht weiter."

Loran steht ganz still, die Augen geschlossen. Jen packt ihn am Arm. „Was machst du da?"

Der Kleine schüttelt langsam den Kopf. „Da war eine Stimme."

Lukka geht dem Ausgang zu. „Da war nichts, kommt!"

Sie macht das Licht der hinteren Kellerräume aus und geht dann an den stinkenden Tanks vorbei zum Ausgang.

Jen ruft sie zurück. „Hey, stopp, guckt mal hier!"

In der hinteren linken Ecke, gut versteckt hinter dem Tank A, bemerken sie eine Naht im Stein und beim näheren Hinsehen erkennen sie die Metalltür, ähnlich der Tür im Kontrollraum, nur völlig verrostet. Sie ist fast nicht zu sehen, Rost auf Rost in der Dunkelheit.

Jen macht sich sofort daran zu schaffen, kann sie aber nicht öffnen. „Die muss von der anderen Seite verschlossen sein."

Die drei beschließen, zurück zur Küche zu eilen, einerseits froh über ihre Entdeckung und doch auch ein wenig frustriert. Wohin führt dieser Weg, wie kommt man auf die andere Seite dieser Tür?

Gerade rechtzeitig stehen die Kochschüler brav vor dem riesigen Topf, in dem das Essen mittlerweile fertig ist.

Die Versammlung ist beendet und die Bewohner des Habitats ziehen sich vor dem Essen noch einmal kurz zurück.

Jen schaut seinen Eltern beim Vorbeigehen zu. „Was die wohl besprochen haben?"

Lukka zieht eine Schnute. „Uns haben sie ja ganz klar nicht dabeihaben wollen."

Loran grinst. „Wenn die wüssten."

Jen meint, sie müssten trotzdem Linda davon erzählen, aber Lukka schüttelt energisch den Kopf. „Sprich sie auf die Klappe im Kontrollraum an, sie weiß bestimmt, wo die hinführt."

„Vielleicht nach draußen?" Jen reibt sich das Kinn und Loran schüttelt den Kopf.

„Der Mann trug keinen Raumanzug, also gibt es da unten Druck, Sauerstoff und Heizung!"

Lukka nickt. „Ja, die Keller unter der Halle sind ja auch mit Wärme und Sauerstoff versorgt."

„Wieso sind diese Gänge auf keiner Karte? Wer hat sie gebaut und wozu?"

Da kommt Marty in die Küche und schaut belustigt in die ertappte Runde.

„Habt ihr was anbrennen lassen?"

Lukka reagiert sofort. „Wir haben super gearbeitet, hier im Topf ist das Essen, so wie es auf dem Kärtchen stand."

Marty ist beeindruckt. „Dann brauchen wir nur noch eine schmackhafte Soße und ein leckeres Dessert. Ihr könnt schon die Teller rausbringen!"

„Wieso haben wir dafür keine Roboter?"

Marty lacht. „Wir hatten mal welche, aber die sind nie repariert worden."

Beim Essen versucht jeder so viel wie möglich herauszufinden, über den Keller, die Versammlung und eventuelle Besucher des Habitats.

Lukka hat sich schnell den Platz neben ihrem Vater geschnappt. Mit ihrem gekonnten ‚Papa, bitte!'-Blick lockt sie jedes Geheimnis aus ihm raus.

Nach einem kurzen Lobgesang auf die Jugendkochtruppe legt sie auch gleich los.

„Papa, wusstest du, dass unter der Halle Keller sind? Im Treibhaus ist ein Eingang und da unten stinkt es fürchterlich, da sind die Tanks, in denen alles kompostiert wird."

„Und da gehst du hin?" Papa klingt überrascht.

„Gehört zu meiner Ausbildung." Lukka spielt mit ihrem Gemüse auf dem Teller. „Glaubst du, es gibt hier noch andere Keller?"

Ihr Vater zuckt die Achseln. „Ich war hier noch in keinem Keller. Ich bin ja auch meistens im Habitat 3."

Marty hat bei diesem Gespräch spitze Ohren bekommen und schaltet sich ein.

„Die Keller wurden ganz am Anfang der Marsmission gegraben, sie sind der sicherste Schutz gegen die Strahlen. Seit ich hier bin, kenne ich den oberen Teil der Keller so, wie sie immer noch gebraucht werden. Als Wiederverwertungsanlage für die Station."

„Und die anderen Teile? Wozu werden die gebraucht?"

„Die werden schon lange nicht mehr gebraucht, sind vermutlich auch verschüttet oder so ... das ist alles schon so lange her."

Lindas kräftige Stimme wird plötzlich laut.

„Nein, du weißt, dass ich dagegen bin. Dann machen wir so weiter wie bisher."

Karens sanfte Stimme ist dagegen kaum zu vernehmen, Lukka hört nur, wie sie sagt: „Denk an die Kinder!"

Das Mädchen hätte zu gern gewusst, um was es da geht, und sieht zu Loran und Jen rüber. Die beiden scheinen auch ganz Ohr zu sein. Sie werden nachher reden.

Lukka fragt ihren Vater noch ein wenig über die Entwicklung des neuen Habitats 4 aus. Mit Begeisterung erzählt er ihr von dem neuen Wasserspeicher, ein geheizter Tank für flüssiges Wasser, das ein Becken füllen soll, in dem man baden kann, in einem riesigen tropischen Garten. Dort sollen auch Fische und Schmetterlinge leben können, falls diese die lange Reise überstehen. Aber da arbeiten Biologen auch schon länger dran.

Das klingt alles so wunderbar abenteuerlich, Lukka kann es kaum erwarten.

Doktor Leo steht plötzlich hinter ihr. „Kommt nachher doch noch zu mir in die Praxis, ich habe euch drei schon zu lange nicht mehr durchgecheckt."

Lukka nickt, dabei würden sie lieber endlich Opas Material ansehen.

Erst viel später, auf der Sonnenwiese, ist es dann so weit. Jen ruft die gespeicherten Daten auf. Zuerst das Video.

Es ist eine Reisewerbung, eine Einladung für Touristen, den Mars zu besuchen. Reiseziel Mars, der Olympus Mons! Oder die Abgründe der Valles Marineris!

Bilder einer futuristischen Stadt mit hell beleuchteten hohen Kuppeln, unzähligen Iglus und richtigen Verbindungsstraßen und Röhren.

Ein riesiger Raumhafen empfängt die Neuankömmlinge und bietet eine angenehme Umgebung für die Eingewöhnungszeit, medizinische Betreuung, Restaurants und Unterhaltung.

In den hell beleuchteten Kuppeln wurde die Natur der Erde nachgebaut: wunderschöne Strände mit Wellenbädern, Regenwald, ein kalter finnischer See mit Sauna, Erlebnisbad und Palmen.

Dazu Hotels, riesige Treibhäuser und sogar Aquarien mit lebenden Fischen.

Lukka zeigt auf den Berg im Hintergrund. „Da, Olympus Mons!"

„Ist das hier echt?" Jen kann es nicht fassen.

„Ich glaub das nicht!" Lukka schüttelt den Kopf. „Das kann nicht sein, Papa hat mit erzählt, dass in Zukunft Fische hergebracht werden sollen, daran wird aber noch gearbeitet."

„Vermutlich soll das mal so aussehen", meint Loran nachdenklich. „Eine ganze Stadt! Total Science-Fiction."

Dann wurde ein Link eingeblendet. Da kann man sich über Preis und Datum der Reise informieren.

Die Kinder sehen sich an und verdrehen die Augen.

„So ein Quatsch!", zischt Jen. „Das ist doch so ein irdischer Blödsinn. So etwas glauben die auf der Erde vielleicht, aber wir wissen, wie das Leben auf dem Mars wirklich ist."

„Da sind noch Reportagen, vielleicht ist da etwas Wirkliches drauf", meint Loran.

Jen öffnet die Datei, es sind zwei Sendungen mit den Titeln ‚Traumziel Mars' und ‚Die Marssiedler'.

„Die da!" Lukka zeigt auf ‚Die Marssiedler' und Jen klickt sie rein.

Eine junge Frau erscheint auf dem Schirm und stellt kurz die derzeitige Siedlerlage auf dem Mars vor. Fünf funktionelle Raumhäfen, Erforschung und Gewinnung von Bodenschätzen sowie die Besiedlung und der Anbau von Nahrungsmitteln sind bereits gut am Laufen. Außerdem wird am Tourismus gearbeitet, denn im nächsten Zeitfenster werden die ersten Weltraumtouristen mitfliegen.

„Ein teurer Spaß", meint die junge Frau lachend, doch es gäbe ja wohl genug Leute, die es sich leisten könnten.

Dann werden die einzelnen Siedlungen kurz vorgestellt. Das neueste und größte Projekt eines bekannten Multimilliardärs, Koru, die Stadt am Olympus Mons.

Vieles sieht schon so aus wie in der Werbung, doch das meiste ist noch in Bau. Die Kinder sind fassungslos.

Unweit der Stadt, etwa 1200 Kilometer südöstlich, liegt Candor, am großen Canyon der Valles Marineris. Diese Stadt hat etwa ein Viertel der Fläche von Koru und wurde nach ganz anderen Plänen erbaut.

Wie riesige Kraken, die den Boden mit ihren langen Armen ertasten, gehen die Habitate ineinander über. In den Köpfen der Kraken befinden sich die großen Hallen, riesige, hell erleuchtete Gärten und wunderschöne Parkanlagen.

„Da kann der kleine Garten mit dem winzigen Springbrunnen im Habitat 2 wirklich nicht mithalten", denkt Lukka und erinnert sich an Pragyas Worte: ... kaum noch bewohnbar ...

Es wird eine weitere Siedlung im Jezero-Krater vorgestellt, viel kleiner als Koru und Candor, dafür aber sehr fortschrittlich eingerichtet. Hier wird vor allem geforscht, kultiviert und nach brauchbaren Bodenschätzen gesucht. Immerhin leben dort rund fünfzig Siedler seit mehreren Jahren und es wurden schon zwei Babys geboren.

„Da! Schaut mal!", Loran zeigt auf drei weiße Buchstaben, die sich von den dunklen Gebäuden abheben. IMB. Diese moderne, gut ausgestattete Anlage gehört der Internationalen Marsbehörde.

Lukka ist empört. „Ich fass es nicht! Davon müssen unsere Eltern doch was wissen, wieso halten sie das geheim?"

„Still, schaut mal, das ist unser Habitat!"

Schmunzelnd berichtet die Reporterin, wie die Siedler in dieser Einrichtung schon lange wie in einer kleinen Kommune leben, mit eigenen Regeln und Vorstellungen und es deswegen häufig zum Streit mit der Marsbehörde kommt.

„Sie waren Pioniere, haben überlebt und großes geleistet, doch nun dienen die Habitate mit ihren schrulligen Einwohnern aus der Urzeit der Marsbesiedlung lediglich noch als Museen."

„Was?" Lukka spürt Wut in sich aufsteigen. „Die haben kein Recht, so über uns zu reden; die wissen doch gar nichts!"

Sie springt auf und schreitet umher. „Gar nichts wissen sie, das hier ist unsere Heimat!"

„Lukka!" Pragyas Stimme lässt sie verstummen und Jen schaltet schnell sein Tablet aus.

„Was ist los?", fragt die junge Frau und blickt in die ertappten Gesichter der Jungen.

Jen räuspert sich. „Wir fragen uns, wieso wir beim Rat nicht dabei sein durften. Wurde über uns geredet?"

Loran ist überrascht, wie geschickt Jen das Thema gewechselt hat. Er traut den Neuen also auch nicht recht.

Pragya wackelt eigenartig mit dem Kopf, ihre Art weder nein noch ja zu sagen. „Ja, schon, es ging auch um euch, aber das werden sie euch noch sagen. Es gibt wohl noch eine Menge Aufklärungsbedarf, sie müssen nur die richtige Herangehensweise finden."

Wüssten sie nicht schon eine ganze Menge, würden sie das jetzt wohl gar nicht so verstehen. Stattdessen nicken die drei nur.

Zu Lukka gewandt sagt Pragya: „Wir beide haben morgen eine Menge Arbeit. Wir bekommen eine Pflanzenlieferung, leckeres Obst und Gemüse, und außerdem zwei neue Bäume für den Garten."

Lukka sieht erstaunt auf. „Eine Lieferung, jetzt? Es ist kein Shuttle angekommen. Wo kommt die denn her?"

Pragya kaut kurz an ihrer Unterlippe und flüstert dann mit einem Schmunzeln.

„Vom Jezero-Krater... Bis morgen!"

Die drei sehen ihr nach.

„Sie weiß, dass wir es wissen", flüstert Lukka.

„Werden wir belauscht oder beobachtet?" Jen sieht sich um, der Garten ist gerade menschenleer.

„Können wir ihr trauen?", fragt Loran nachdenklich.

„Pah!", schnaubt Lukka. „Wir können ja nicht mal mehr unseren Eltern trauen, die belügen uns ja schon seit Jahren."

„Ja", Jen kämpft mit der Enttäuschung, „ich bin gespannt, wie sie sich da rausreden wollen."

„Wir sollten sie nicht zur Rede stellen und mal abwarten", meint Loran.

„So tun, als wüssten wir von nichts?" Aufgebracht stampft Lukka über die Sonnenwiese.

„Ja, und die Augen aufhalten. Ich habe so ein schlechtes Gefühl, als würde bald etwas Schreckliches passieren."

Die beiden anderen wissen, dass sie Lorans Gefühle nicht auf die leichte Schulter nehmen sollten. Er hat ein sonderbar helles Gespür für Probleme oder Veränderungen.

Alle drei nicken sich zu und wissen, sie werden ihre Geheimnisse und Informationen erst einmal für sich behalten.

Schritte im Garten lassen sie aufhorchen.

„Lukka!"

„Papa!" Ihr naives Kinderherz freut sich, ihren Vater zu sehen, doch gleichzeitig bohrt sich der Schmerz des Verrats in ihr Herz.

„Kommt bitte in den Gemeinschaftsraum, heute wird ein wenig gefeiert, da wir fast alle beisammen sind."

„Ach ja, die Gemeinschaft." Sie ballt ihre Hände zu Fäusten und würde die Gemeinschaft am liebsten zur Erde schießen, spielt dann aber das Spiel der Erwachsenen mit und antwortet brav: „Ja, Papa, wir kommen."

Es gibt Kuchen und Tee und Musik zum Tanzen. Die ‚Familie' ist guter Laune, es wird auch viel geredet und die Kinder haben ihre Ohren wie Satelliten nach allen Seiten gerichtet.

Die Gemeinschaft des Habitats 2 hat vor einigen Jahren schon zu verstehen gegeben, dass sie sich von der Erde nicht mehr rumkommandieren lässt. Die Siedler wollen teilautonom agieren können.

Die Erde war darüber nicht erfreut, hat aber die Entscheidungen des Rats angenommen.

Vor einigen Monaten hat der Rat nun beschlossen, mit der IMB einen Handelsvertrag abzuschließen. Sie wollen nicht die Sklaven der Erdlinge sein, sondern mit ihnen verhandeln.

Bisher gab es Kaffee und Kakao und ein paar neue Raumanzüge für die Bodenschätze, die zur Erde geschickt wurden. Jetzt
fordern die Siedler eine Bezahlung und eine eigene Währung,
um handeln zu können, auch mit den ‚Anderen'.

Was Linda am Nachmittag so wütend gemacht hat, haben sie
bisher nicht herausgefunden. Nur, dass es um einen Vorschlag
der IBM ging, den sie besser nicht abschlagen sollten.

ES WIRD ERNST

Am nächsten Morgen treten die Jugendlichen ihre Ausbildung an, als wäre alles normal, doch in ihrem Inneren brodelt die Neugier.

Sie haben beschlossen, so viel wie möglich über die anderen Siedlungen, den sogenannten Keller des Habitats und diesen Vorschlag der IMB, der Linda so aufbrausen ließ, herauszufinden.

Als Lukka die Schleuse zum Treibhaus öffnet, sieht sie, wie Rick und Pragya um einen Wagen voll mit ganz jungen, zierlichen Pflanzen herumstehen.

„Guten Morgen, Lukka!", begrüßt Rick sie mit einem breiten Lachen. „Es gibt Arbeit für euch beide! Hier sind rote Beete, Zichorien und Rosenkohl, genetisch optimiert. Und die kleinen Reben hier sollen die süßesten Trauben hervorbringen, auch ohne Sonne. Dann habe ich hier noch zwei kleine Bäumchen für den Garten, eine Orchidee und einen weißen Flieder. Und da sind noch ein paar Kisten, keine Ahnung, was da drin ist."

Pragya lacht. „Das sind Zwiebeln und Knoblauch und einige Samen, die habe ich bestellt."

„Sie steht in Verbindung mit der Siedlung im Jezero-Krater", denkt Lukka.

Rick will sich verabschieden, doch Lukka hat noch eine Frage.

„Wie hast du diese Sachen hergebracht?"

Rick schmunzelt verlegen. „Ich habe mir den Flieger ausgeliehen, den Runner 2, das ist ein Flugzeug, das knapp über der Oberfläche fliegt, mit Düsenantrieb, derzeit das neueste und schnellste Fortbewegungsmittel auf dem Mars."

Lukka nickt beeindruckt. „Wie lange hast du für die Strecke gebraucht?"

Rick ist nicht sicher, welche Strecke Lukka jetzt meint, ob sie Bescheid weiß über andere Siedlungen.

Er zögert.

„Naja, es ist schon ziemlich weit und mit dem Runner 2 war ich fast zehn Stunden unterwegs."

Lukka ist sehr beeindruckt. Sie stellt sich vor, wie Rick zehn Stunden lang allein über die endlosen Marswüsten hinweggleitet. Ihr wird plötzlich bewusst, wie groß die Welt um sie herum geworden ist, wie klein ihr bisheriges Umfeld war.

„Nimmst du mich einmal mit?", bettelt sie und der Pilot lacht. „Später sehr gern, wenn du älter bist. Jetzt darf ich dich noch nicht mitnehmen."

Achselzuckend verabschiedet er sich und die beiden jungen Frauen beginnen die neuen Pflanzen zu versorgen.

Dabei erzählt Lukka vorsichtig, was sie und ihre Freunde über die Marsbesiedlung bisher in Erfahrung bringen konnten.

Loran indessen muss erst eine Stunde trainieren, seine Muskeln aufbauen und dehnen. Leo hat gemerkt, dass seine Anweisungen für den Sport nicht mehr beachtet wurden, und Loran muss sich einen Lehrvortrag über die Folgen der Faulheit anhören.

„Das gehört zu deiner Ausbildung, als zukünftiger Arzt musst du den neuen Siedlern erklären können, warum zusätzlicher Muskelaufbau auf dem Mars so wichtig ist."

„Aber wir haben doch Muskelstimulationsgeräte und etwas dafür im Trinkwasser, oder?"

„Ja, diese Zusätze unterstützen den Erhalt deiner Muskeln, auch die elektronische Anregung ist gut für kurze Zeit, aber das reicht nicht. Ihr habt die Schwerkraft der Erde nie gespürt, da braucht der Körper viel Kraft, um sich zu bewegen. Dein Knochenbau ist der Erde angepasst und braucht Muskeln, damit dein Skelett ordentlich zusammenhält und du dich richtig bewegen kannst."

Loran nickt. „Ich erkläre es den anderen und heute Abend wird trainiert, versprochen."

„Du solltest dir heute auch ein Lernvideo über Muskeln ansehen, ich suche dir gleich ein passendes aus."

Loran folgt Leo in die Praxis und beobachtet ihn. Der junge Arzt ist erst vor zwei Jahren auf dem Mars angekommen. Er hätte in eine moderne Stadt ziehen können.

„Wieso bist du eigentlich in dieses Habitat gekommen und nicht woanders hin?"

Leo sieht den Jungen erstaunt an. „Komische Frage", denkt er und erklärt: „Dr. Tann hat um Verstärkung gebeten, hier soll ich mich nun eingewöhnen. Dann werde ich ins Habitat 4 wechseln, wenn es fertig ist. Das war jedenfalls der Plan, als ich herkam."

„Wessen Plan?", bohrt Loran weiter.

Leo schaut ihn an. Der Junge scheint doch etwas von anderen Siedlungen zu wissen, obwohl hier alle so ein großes Geheimnis draus machen, um die Kinder hierzubehalten.

„Wieso willst du das wissen? Der Plan der IMB natürlich, die bestimmen den Einsatzort."

Loran nickt. Irgendwie baut sich in seinem Kopf ein beängstigendes Bild auf, mit dem, was er in den letzten Tagen erfahren hat. Die Ratten verlassen das sinkende Schiff.

Jen wird von Linda wie immer mit viel Schwung und Energie empfangen und Arbeit gibt es reichlich. Aber der Junge hat eine Menge Fragen offen. Und er feuert auch gleich lässig aus der Hüfte.

„Wie stellst du Verbindungen zu anderen Habitaten frei? Hast du da unterschiedliche Linien, Frequenzen, Schieber oder Knöpfe?"

Linda ist erstaunt über sein Interesse in Ferngespräche und erklärt ihm, wie die Satelliten die Signale weitergeben. „Der Planet hat mehrere Satelliten im Orbit, diese fangen die Signale der einzelnen Habitate ein und leiten sie dorthin, wo der Empfänger sitzt."

„Wo steht denn unsere Antenne?", will Jen wissen.

„Im Raumhafen", antwortet Linda beiläufig und verschwindet hinter den Raumanzügen.

Jen springt sofort hinterher und rein zufällig fällt ihm die Klappe in der Wand auf.

„Was ist das hier eigentlich?"

„Ach, das ist eine alte verschlossene Tür aus früheren Zeiten. Die wird schon seit Jahrzehnten nicht mehr benutzt."

„Bist du nicht neugierig, was dahinter ist?"

Linda winkt energisch ab. „Was soll da sein? Überreste eines früheren Kellers, verschüttet und kalt, mit Unterdruck und Kohlendioxid gefüllt. Nein, die Tür bleibt zu."

Jen würde Linda zu gerne sagen, was er weiß, aber dann müsste er zugeben, dass die drei da rumgeschnüffelt haben, und das möchte er auch nicht.

Linda hat endlich ihren zweiten Schraubenzieher gefunden und gemeinsam schrauben sie einige alte, kaputte Geräte aus der Kontrollwand.

Beim Mittagessen machen die Kinder ein Treffen im Sportraum aus. Das Essen verläuft sehr ruhig. Jeder hat das Gefühl, alle würden sich seltsam benehmen. Zu viele Geheimnisse liegen in der Luft.

Wie gewohnt begrüßt sie im Sportraum der alte Pjotr.

„Na, verschlägt es euch mal wieder in diese einsame Ecke? Viel seid ihr nicht mehr hier", knurrt er.

„Ja, wir sollten öfter trainieren, doch seit wir arbeiten, haben wir echt so wenig Zeit!", klagt Lukka.

„Die Zeit musst du dir nehmen, Kleines!", rät der Mann mit einem wohlwollenden Lächeln.

Der schon ältere Pjotr ist in der Gemeinschaft wie ein Großvater für die Kinder. Er kennt das Habitat in- und auswendig, hat vor Leo als Arzt ausgeholfen, und noch vorher als brillanter Informatiker und guter Techniker die Station am Leben erhalten, als es keine andere Hilfe gab. Jetzt arbeitet er weiter an biologischen Forschungsprojekten. Seine Aufgabe ist auch die Instandhaltung des Trainingsraums.

Lukka steigt aufs Fahrrad und Jen läuft eine Runde auf dem Laufband, während Loran kräftig rudert. Er ist der schmächtigste von ihnen und Leo hat vorhin gemeint, ein Gramm weniger und er würde davonfliegen wie ein Ballon. Also mehr essen und Muskelpakete bekommen ist jetzt sein Ziel.

Pjotr legt ihnen für die zweite Runde einen schwereren Gang ein und die Kinder kämpfen keuchend gegen den stärkeren Widerstand.

Danach geht's in die Dusche und dann gibt's in der Küche noch eine extra Portion Snackbällchen, wie früher, als ihre Welt noch in Ordnung war.

Früher, nur ein paar Monate vorher, als sie noch Kinder waren.

Lukka seufzt. Oft fragt sie sich, wieso das Leben sich verändern muss? Es war doch alles so schön, wie es war. Aber nein, stimmt nicht, sie selbst wollte doch raus, wollte wie eine Erwachsene behandelt werden.

„Ich bin ganz froh, dass das Leben jetzt anders ist, anstrengend, aber auch spannend und aufregend. Ich finde es besser als vorher", meint Loran plötzlich.

Lukka schiebt gerade ihr letztes Bohnenbällchen in den Mund. Kann Loran ihre Gedanken lesen?

Jen ist auch froh, endlich etwas anderes zu lernen als Russisch, Englisch und Mathe. Vor allem die Arbeit mit Linda macht ihm wahnsinnigen Spaß.

Da fällt ihm die geheime Klappe wieder ein.

Und so schnell sind sie wieder im Verschwörungsmodus. Ein Blick über die Schulter, Ohren spitzen und Köpfe beieinander stecken.

„Linda meint, die Tür führt nirgends hin. Der frühere Gang sei wohl verschüttet und der Raum ohne Sauerstoff", berichtet Jen.

„Aber wir wissen, dass das nicht stimmt."

„Und wir müssen es ihr sagen!", flüstert Loran.

Lukka nickt. „Ja, vermutlich..."

Loran spricht aufgeregt weiter. „Irgendetwas wird hier passieren, ich weiß es einfach. Leo soll hier nur so lange bleiben, bis Habitat 4 fertig ist. Diese Station wird von der IMB nicht mehr besetzt."

„Ja, das passt zu dem, was ich gehört habe", fährt Jen fort. „Ein einziges Frachtschiff bringt Material für den Bau an Habitat 4 und für uns hier gerade mal zwei neue Raumanzüge und ein Kilo gefriergetrockneten Kaffee."

Lukka lässt die Luft aus den Wangen. „Das ist wirklich ein bisschen wenig. Gut, dass unsere Gemeinschaft so autonom sein kann."

Es nähern sich Schritte, Chris und Sigurd stecken den Kopf durch die halbgeöffnete Küchentür.

„Da seid ihr! Wir müssen wieder los, kriegen wir noch einen Kuss?"

„Fliegt ihr mit dem Huber?", fragt Jen.

Chris antwortet: „Noch besser! Rick muss den Runner 2 zurückbringen, da macht er einen kleinen Umweg. Damit legen wir die 100 Kilometer in zwanzig Minuten zurück."

Dann die Blicke! Chris weiß, dass er sich verplappert hat, Sigurd hält die Luft an, Lukka wirft einen Blick auf Jen und Loran linst unauffällig zu Lukka rüber.

Wie immer redet Jen locker über den Patzer weg. „Oh, den haben wir noch nicht gesehen, der ist bestimmt auch neu. Dann erzählst du mir nachher davon Papa, ja?"

Die beiden Männer umarmen noch einmal die Kinder und machen sich auf den Weg. In der Halle meint Chris kopfschüttelnd: „Diese Geheimnistuerei geht mir so auf die Nerven. Ich will meine Tochter nicht länger anlügen."

Sigurd nickt: „Wir werden unsere Kinder eh nicht ewig hierbehalten können."

Im Gemeinschaftsraum liegen die programmierten VR-Brillen für den Unterricht bereit.

Photosynthese für Lukka, das Zusammenspiel von Muskeln, Sehnen und Knochen für Loran und das Satellitenfunksystem für Jen.

Neugierig setzen sie die Brillen auf und fahren die Programme hoch. Endlich gibt es mal interessante Themen! Und sofort sind alle drei in ihre Videos vertieft und saugen die Bilder und Informationen auf.

Schnell noch der kleine Test, den alle spielend bestehen und sie werden endlich in die Freizeit entlassen.

Bis vor Kurzem hat Lukka gerne alte Geschichten von der Erde gelesen; dann konnte sie ein wenig nachfühlen, was Karen so vermisste. Sie hat es genossen, am Fenster des Treibhauses zu sitzen und die roten Berge weit da draußen anzustarren. Jetzt ist das anders, sie will zu ihren Freunden, die einzigen, denen sie noch vertraut. Sie will herausfinden, was gerade so anders läuft als sonst.

Auf der Sonnenwiese schauen sich die drei Freunde auf dem Tablet noch den Rest aus Opas Link an.

Zuerst die Bilder über Koru, die Stadt der Reichen und Mächtigen. Unglaubliche Hallen, wunderschön eingerichtet mit weichen Sitzgelegenheiten, einem hohen Wasserfall und richtigen Kokospalmen. Auf großen Plasmaschirmen kann man Filme und Videos sehen.

Magnetbahnen sollen Menschen von einem Stadtteil in den anderen transportieren.

„Wow", ruft Jen begeistert, „das würde ich zu gerne mal sehen!"

Lukka zeigt auf ein weiteres Bild. „Technische Universität! Sie soll 2080 fertiggestellt werden."

In ihrer Begeisterung bemerken sie nicht den Fremden, der unauffällig durch den Garten schleicht.

Sie entdecken Bilder von der Jezero Siedlung, eine reine Forscherstation, einfache und doch gut ausgestattete Wohnmodule für die Wissenschaftler und riesige Gewächshäuser, mehrere Biotope und Technik vom Feinsten für die riesigen Labore.

Die Kinder kennen solche Bilder von der Erde, riesige Städte, teils sogar unter Kuppeln wegen der schlechten Luft, aber dass es so etwas Schönes auf dem Mars geben soll, ist doch ziemlich unglaublich.

Sie fragen sich, wie viele Frachtschiffe voll beladen die weite Strecke zum Mars zurücklegen mussten, um das alles zu errichten.

Lukka schüttelt langsam den Kopf. „Um uns herum passiert so viel und wir leben in unserem winzig kleinen Universum und kriegen rein gar nichts mit."

„Aber das ändert sich doch gerade", meint Jen.

„Ja, weil Pragya mich drauf aufmerksam gemacht hat. Unsere Eltern, unsere ganze Gemeinschaft hat darüber nie ein Wort verloren. Keiner hat uns diese Bilder gezeigt. Sie haben uns bewusst verschwiegen, dass es weitere Siedlungen auf dem Mars gibt. Wieso?"

„Wir sollten sie fragen!", meint Loran.

„Ja, und zwar sofort!" Jen ist bereit, Linda mit der Wahrheit zu konfrontieren und um Hilfe zu bitten.

Gemeinsam gehen sie zum Kontrollraum, doch Linda ist nicht da. Der Gemeinschaftsraum und die Küche sind gespenstig ruhig. Niemand weit und breit.

„Wir schauen mal bei Karen rein!", schlägt Lukka vor. „Bestimmt finden wir sie beide da bei einer Tasse Tee."

Doch Karen sitzt im Sprechzimmer mit Marty und beide haben keine Ahnung, wo Linda sein könnte.

Die Kinder gehen zurück zum Kontrollraum, ihr Raumanzug hängt an der Halterung, sie ist folglich nicht draußen.

Dann suchen sie den Garten ab und gehen von dort aus zum Trainingsraum.

In der Halle kommen ihnen Pjotr und Leo entgegen.

„Habt ihr Linda gesehen?", fragt Jen aufgeregt.

Die beiden schütteln den Kopf und lachen. „Die wird schon nicht verloren gehen."

„Ja", denkt Lukka, „wie soll sie hier wohl verloren gehen?"

„Vermutlich ist sie in ihrem Wohnmodul und ist später wieder da."

Jen und Loran nicken.

Sigurd und Chris sind mittlerweile fast am Ziel. Rick drosselt die Geschwindigkeit des Runners und fliegt den Anlegeplatz des Habitats 3 an.

„Eh, Rick, ich wollte dich noch um einen Gefallen bitten."

Rick schaut gespannt zu Chris rüber.

„Du weißt schon, dass wir den Kindern die fortschreitende Besiedlung des Planeten verheimlichen."

„Aus welchen Gründen auch immer", sagt Rick mit einer Grimasse. „Das wurde mir gesagt."

„Weißt du, ich habe mich da vorhin ein wenig verplappert und sie werden dich vermutlich auf den Runner ansprechen…"

Rick muss jetzt doch lachen. „Hört auf, sie wie Kinder zu behandeln. Die wissen Bescheid."

„Woher?", staunt Sigurd.

„Keine Ahnung, wer ihnen die Information gesteckt hat, aber sie wissen über Jezero und den Runner Bescheid."

„Aha", mehr fällt Sigurd dazu jetzt nicht ein und auch Chris meint nur: „Na dann."

Der Pilot grinst, stoppt das Fahrzeug auf dem Anlegeplatz und die Astronauten steigen aus und gehen, ohne zu reden, rüber zu den Gebäuden.

Marty ist wieder in der Küche und bereitet das Abendessen vor. Die drei haben Hunger.

„Können wir helfen?", fragt Lukka und Marty winkt sie rein.

„Das Band für die Snackverteilung ist wieder kaputt, die Apparate sind leer. Ihr könntet sie einfüllen, ja?"

Jen plustert sich auf. „Ich krieg das bestimmt repariert!"

Seit er bei Linda ein wenig an Geräten herumschrauben darf, glaubt er jetzt alles reparieren zu können.

„Na dann mach mal!", lacht Lukka, schnappt sich ein Tablett mit Behältern und trägt sie schon mal raus.

„So haben wir einen guten Grund, an Lindas private Tür zu klopfen", grinst Lukka und Loran nickt. Er hat ein ungutes Gefühl, weiß aber nicht, wie er es den anderen erklären soll.

Sie füllen die Spender von Pjotr und Leo und ihre eigenen, doch Linda ist nicht da und Pragya auch nicht.

Lukka steckt den Kopf in Karens Arbeitszimmer. „Mama, hast du Linda gesehen?"

„Nein, habe ich nicht. Wie geht es euch beiden? Ich sehe euch kaum noch."

„Wir müssen Linda dringend etwas mitteilen", sagt Loran.

„Was denn?" Jetzt ist Karen aber neugierig geworden.

Loran will das jetzt nicht länger für sich behalten. Er weiß, dass bald etwas Schlimmes passieren wird. Er fühlt es richtig und es macht ihm Angst.

„Wir waren gestern kurz im Kontrollraum, als Linda nicht da war. Die Tür war offen. Und da war ein Mann. Auch nur kurz, dann war er wieder weg."

Karen sieht die beiden prüfend an.

„Hat der Mann etwas gesagt?"

„Wir hatten Angst und haben uns versteckt", erklärt Lukka.

„Vermutlich ein Techniker vom Raumhafen. Derzeit fallen hier dauernd Geräte aus. Muss mal wieder vieles ordentlich repariert werden. Wir fragen Linda nachher beim Abendessen."

Sie sieht fragend auf das Tablett in Lukkas Händen.

„Wieso habt ihr so viele Snackbehälter dabei? Habt ihr Marty überfallen?"

„Der Verteiler ist kaputt", meint Lukka achselzuckend und rückwärts verlassen sie Karens Büro.

Sie grübelt. Kann es wirklich ein Techniker gewesen sein? Ist er vielleicht im Trainingsraum gewesen? Hat er etwas in der Kuppel gemacht? An die Kuppel haben sie nicht gedacht und da waren ja auch diese losen Kabel.

„Wir sollten uns die Kuppel mal genauer ansehen", sagt Loran leise und Lukka sieht ihn erschrocken von der Seite an.

Ist das noch ein Zufall? Oder kann er wirklich ihre Gedanken lesen?

Jen versucht, unter dem Förderband an eine winzige Schraube zu kommen. Marty hat einen kompletten Werkzeugkasten aus einer Nische gezogen und Jen versucht einen Schraubenschlüssel nach dem anderen.

„Es kann nicht schwer sein", betont er immer wieder. „Alles Mechanische kann man reparieren, sagt Linda immer."

Er würde ein Computerproblem bestimmt schneller lösen, gibt aber nicht auf.

Da hört er wie Loran und Lukka zurückkommen.

„Lukka, ich brauche deine langen, dünnen Finger. Ich komme hier nicht ran!"

Sie hat Finger wie chinesische Essstäbchen, sagen die Jungs immer.

Und tatsächlich gelingt es ihr, die Schraube von unten so lange festzuhalten, bis Jen sie von oben wieder angezogen hat. Dann legt er einen kleinen Hebel um und das Förderband rattert wieder.

„Gut gemacht, Junge!" Marty klopft ihm stolz auf die Schulter. „Ihr habt so viel gelernt in den letzten Monaten, jetzt könnt ihr bald die Station übernehmen."

Jen lacht zufrieden, sieht dann, wie Loran ihm unauffällig zu verstehen gibt, er solle bitte gleich mitkommen.

„Also bis bald beim Abendessen!", sagt er fröhlich beim Rausgehen. Dann fragt er die anderen leise: „Was ist los? Habt ihr Linda gefunden?"

„Könnte es sein, dass der Fremde in der Kuppel war und dorthin wieder verschwunden ist?", fragt Lukka.

„Wir können ja mal nachsehen", schlägt Jen vor und sie machen sich eilig auf den Weg zur Kuppel.

Linda blinzelt und versucht, im Dunkeln irgendwas zu erkennen. Ihr Kopf tut weh, ihr ist schlecht und sie weiß nicht, wo sie sich gerade befindet oder wieso sie da im Dunkeln sitzt.

Um sie herum ist es sehr ruhig, gelegentlich hört sie dumpfe Geräusche wie entfernte Schritte und das Summen einer Maschine oder einer Leitung.

Die Dunkelheit ist fast vollkommen, es gibt nur einen einzigen winzigen Lichtspalt, etwas weiter oben rechts.

Wo könnte sie nur sein?

Sie versucht, ihre Hände zu bewegen, doch die sind hinter ihrem Rücken zusammengebunden. Was soll das? Sie versucht, sich zu erinnern, was sie zuletzt gemacht hat.

Sie ist im Kontrollraum gewesen, hat schnell noch den Raumhafen angefunkt, die haben ihr bestätigt, dass keiner der vier Techniker im Habitat 2 gewesen ist.

Ihr Verdacht, die IMB würde jemanden schicken, um das Problem der unerwünschten Siedlerrebellen zu lösen, erhärtete sich gerade, als sie ein Geräusch hörte.

Es kam von der Klappe in der Wand. Hatte Jen sie heute Morgen rein zufällig darauf angesprochen?

Jetzt kommt die Erinnerung wieder.

Da war das Geräusch, sie hatte plötzlich Angst und zog sich ein wenig zurück, um zu sehen, wer da unangemeldet in ihrem Kontrollraum war.

Sie hatte den Mann vorher noch nie gesehen.

„Wer sind Sie und was tun Sie da?", fragte sie.

Der Mann sah erschrocken auf. Er hatte sie nicht im Kontrollraum erwartet, sie war für diese Zeit im Sportraum eingeschrieben. Da wurde ihr alles klar. Dieser Mann hatte irgendetwas Böses vor.

Zudem hatte er eine Waffe. Auf der Station hat es noch nie Waffen gegeben, wozu auch?

„Ist das ein Gruß von Mutter Erde?", hat Linda bissig gefragt, wich aber ängstlich ein paar Schritte zurück.

„Tja, die IMB hat mich vor Monaten losgeschickt, um hier Ordnung zu schaffen, falls ihr eure Meinung nicht ändert. Euer Pilot war vor ein paar Tagen so nett, mich von Jezera hierher zu bringen und da bin ich nun."

Er winkte, sie solle rüber zur Klappe gehen.

Linda zögerte. Was soll ich bloß tun?, dachte sie noch. Dann spürte sie einen Schlag auf den Kopf und es wurde dunkel.

Die Tür zum Kontrollraum ist immer noch offen und Linda ist immer noch nicht da.

Loran hat wieder dieses ungute Gefühl, doch Lukka eilt voran, die Treppe hinauf zur Kuppel.

Dort ist alles ordentlich aufgeräumt, sehr einladend mit der halbrunden Sitzbank und dem Blick auf die felsige Landschaft. Die Sonne hängt sehr tief und schimmert blau, es wird bald dunkel sein.

Jen betätigt die Scheibenwischer. Sie funktionieren prima.

„Hier ist nichts Außergewöhnliches", stellt er fest und steigt wieder runter.

Die anderen folgen ihm.

Ratlos stehen sie im Kontrollraum und schauen sich um.

„Sie hatte noch Funkverkehr mit dem Raumhafen", stellt Jen mit einem Blick auf den Sender fest.

Loran hebt etwas vom Boden auf. „Das ist doch Lindas Kette, die trägt sie doch immer."

„Alles klar, wir müssen es den anderen sagen!", meint Lukka bestimmt.

Der Gemeinschaftsraum ist bereit für das Abendessen und jeder nimmt seinen gewohnten Platz an der großen Tafel ein.

Karen schaut suchend zur Tür, Linda ist immer noch nicht da.

„Hat jemand Linda gesehen?", fragt sie laut.

Jens' Mutter Marelia meldet sich: „Wir waren heute Nachmittag im Sportraum verabredet, doch sie kam nicht."

„Ich habe mich auch gewundert", sagt Pjotr. „Sie ist sonst immer sehr pünktlich und zuverlässig."

„Was geht hier vor?", fragt Karen. „Die Kinder haben einen fremden Mann im Kontrollraum gesehen. Hat jemand eine Ahnung, wer das war?"

Großes Kopfschütteln.

Loran zieht das Kettchen aus der Tasche und flüstert: „Die lag auf dem Boden."

Pjotr ballt beide Fäuste und sagt wütend: „Sie wollen uns zerstören!" Und Marty schaut Pragya böse an.

„Ist dieser Mann mit euch hergekommen?"

Karen greift sofort ein. „Marty, Pjotr, beruhigt euch bitte! Noch wissen wir nichts. Findet erst einmal heraus, ob vom Raumhafen jemand hergekommen ist."

Pjotr verschwindet im Kontrollraum und redet kurz. Dann kommt die Bestätigung, dass seit Tagen keiner den Raumhafen verlassen hat.

Dann fällt Pragya ein, dass Rick mit dem superschnellen Runner 2 fliegen durfte, weil er einen Passagier hatte, jemand von der Station Jezera.

„Das ist er!", ruft Pjotr. „Wir müssen das ganze Habitat absuchen. Alle gleichzeitig, damit er uns nicht entkommen kann."

Der Fremde ist verärgert über den Vorfall mit der Frau. So war das nicht geplant und er macht doch immer alles nach Plan.

„Es wird auffallen", denkt er. „Sie werden suchen und misstrauisch werden."

Eigentlich sollte er alles vorbereiten und erst in ein paar Tagen vier Leute schnell und unauffällig verschwinden lassen, ein Sauerstoffleck vortäuschen und die restlichen Bewohner retten und fortbringen.

Das war der Plan.

Er knabbert unruhig seine Snackbällchen, die er in der Küche gefunden hat, mehrere leere Behälter liegen schon am Boden.

„Das ist der Plan gewesen", denkt er mürrisch. Jetzt muss er früher handeln.

Nach dem Essen suchen alle systematisch sämtliche Räume des Habitats ab. Aber es ist niemand da.

„Er muss durch die Schleuse raus sein. Vielleicht hat er Linda mit einem Rover weggebracht. Was ist mit der versiegelten Tür im Keller?" Alle reden durcheinander.

„Lindas Anzug ist aber noch da", flüstert Lukka und Loran nickt. „Sie ist hier, ich weiß es."

Sie beschließen, eine Nachtwache im Gemeinschaftsraum zu lassen, und Pjotr übernimmt freiwillig die erste Schicht.

Die Kinder wissen, dass es gefährliche Menschen auf der Erde gibt und dass man sich vor ihnen schützen muss, aber auf dem Mars war bisher doch immer alles friedlich. Der lebensfeindliche Planet birgt so viele Gefahren, da hilft einer dem anderen, um überhaupt überleben zu können.

Jetzt sind sie zu Hause nicht mehr sicher, das ist ein schlimmes Gefühl.

Und um was es hier eigentlich geht, haben sie überhaupt nicht verstanden.

Die IMB will keine eigenständigen Siedler, sie wollen den Rat nicht mehr. Aber wieso?

Und warum wird ausgerechnet Linda entführt?

Lukka beschließt, gleich am nächsten Morgen Opa anzurufen. Pjotr übernimmt den Kontrollraum, bis Linda wieder da ist.

Die Nacht ist ruhig, doch Schlaf findet fast niemand im H2. Alle liegen wach und grübeln.

„Hallo Opa!" Lukka sitzt am nächsten Morgen brav lächelnd vor dem Tor zur Erde, hinter ihr Jen und Loran.

„Danke für den tollen Link, den du uns geschickt hast, das hat uns sehr geholfen. Unglaublich, was um uns herum alles passiert."

Sie überlegt kurz und fragt dann: „Wie ist es denn gerade so auf der Erde? Wann machst du denn deine Weltreise?"

„Frag ihn nach den Plänen der IMB!", drängt Jen.

Lukka druckst herum, setzt erneut ihr Lächeln auf und gesteht: „Wir haben hier ein kleines Problem!"

Nachdem sie ihrem Opa die Lage erklärt hat, versendet sie die Nachricht. Ihr Opa wird wohl noch ein paar Stunden schlafen, denn in Mitteleuropa ist noch tiefe Nacht.

„Jetzt Frühstück!" Loran reibt seinen Bauch. „Ich habe so einen Hunger!"

Keiner konnte am Abend zuvor etwas essen bei all der Aufregung. Jetzt ist der Hunger wieder da und alles scheint in Ordnung zu sein. Außer, dass Linda immer noch verschwunden ist.

Sie ist wach, ihr Kopf schmerzt, ihr ist übel und sie friert. Ihre Hände sind jetzt frei und vorsichtig tastet sie ihre direkte Umgebung ab. Raue, kalte Wände, sandiger Boden, eine Höhle? Nein, der Raum hat eine Sauerstoffzufuhr, es muss der Keller sein. Der Keller unter dem Kontrollraum.

Auf der Erde hatte Linda große Angst vor dunklen Kellerräumen mit haarigen Monsterspinnen, doch auf dem Mars gibt es keine Spinnen. Wenigstens das.

„Hallo!", ruft Linda und lauscht. Nichts ist zu hören. „Hallo!" Diesmal lauter. „Hört mich jemand? Hilfe! Hilfe!"

Loran horcht kurz auf. Hat da jemand gerufen? Still löffelt er seinen Kartoffelbrei. Keiner scheint etwas gehört zu haben. War das nur in seinem Kopf?

Nach dem Frühstück muss jeder seiner gewohnten Arbeit nachgehen, Jen bleibt bei Pjotr.

„Wir waren an Lindas Rechner, als wir die Geräusche hörten. Es kam von da!" Dabei zeigt er auf die Nische mit den Raumanzügen.

„Wir haben uns versteckt, da, hinter der Wand mit den Messgeräten. Durch die Löcher in der Wand konnten wir ihn sehen. Er trug eine Kombi, aber keine, wie wir sie haben. Es war eine dunkelgrüne, ganz neue."

Jen springt wieder nach vorn, vor die Messgeräte der Sauerstoffzufuhr und des Luftdruckes. Er fuchtelt wild mit den Armen. „Er hat sich hier etwas angesehen und dann ist er wieder verschwunden."

Er zeigt Pjotr die Klappe. „Könnte er da rein sein? Sie geht nicht auf, muss von innen verschlossen sein."

Pjotr kratzt sich am Kopf. „Diese Eisentür ist seit zwanzig Jahren verschlossen. Hier führte ein langer Gang bis zu der kleinen Höhle da unten. Sehr instabil, es gab damals in der Nähe eine Reihe kleiner Meteoriteneinschläge und der Tunnel hielt den Erschütterungen nicht stand. Der ganze Gang war einsturzgefährdet. Zwei Menschen sind dort gestorben, auch Lindas Mann. Deswegen wurden die Türen von innen geschlossen und die Schleuse deaktiviert."

Der ältere Mann schaut sich die Messgeräte genauer an.

„Was hat der Mann hier gewollt?"

Auch Lukka versucht, schlauer zu werden und fragt Pragya, um was es hier eigentlich geht.

„Wie du weißt, war das Leben in den ersten Jahren hier sehr hart. Die Siedler waren auf sich gestellt und haben überlebt, solche Erfahrungen schweißen eine Gemeinschaft zusammen." Sie zupft an den Pflanzen und legt reife Zucchini auf den Wagen, während sie erzählt.

„Der Rat hat vor vielen Jahren schon einen Antrag auf Unabhängigkeit gestellt. Sie wollen mit der Erde Handel treiben, Rechte haben und selber bestimmen, doch die Erde will davon nichts wissen. Die IMB will alles hier besitzen und allein bestimmen, was hier passiert. Sie sind empört über die Forderungen des Rats."

„Du hast das gewusst?"

„Ja, klar. Das Wissen über die Siedlungen, die Aufgaben der verschiedenen Stationen, das alles gehört zur Ausbildung. Wir sollten schon wissen, mit wem wir es hier zu tun haben."

„Und wieso seid ihr hier bei uns? Warum seid ihr nicht gleich zur Forschungsstation am anderen Ende des Planeten geflogen?"

„Das war nicht unsere Entscheidung, die Marsbehörde bestimmt den Einsatzort."

Sie seufzt. „Dann komme ich hier an und erfahre vom Rat, was wir euch sagen dürfen und was nicht. Sowas passt mir überhaupt nicht, ich will ehrlich sein können."

„Und wozu überhaupt die Geheimniskrämerei?", fragt Lukka.

„Die Gemeinschaft hat seit Jahren Angst euch zu verlieren. Die Marsbehörde will, dass ihr in Jezera zur Schule geht und ...", sie zögert kurz, holt Luft und fährt fort, „Rick und ich, wir sollen euch bald dahin bringen. Wann genau wissen wir nicht, das wird uns noch mitgeteilt."

Lukka ist entsetzt. Bisher hat für sie der Rat alle Entscheidungen getroffen. Der Rat ist ihre Familie, die Gemeinschaft ist ihre Welt. Und jetzt soll sie tun, was die Erde will? Das Entsetzen weicht einer steigenden Wut.

„Niemals!", sagt sie trotzig. „Das hier ist mein Zuhause und hier bleibe ich, solange ich will."

Leo testet gerade Lorans Wissen über den menschlichen Bewegungsapparat, als der Junge die Stimme wieder hört.

„Hörst du das auch?", fragt er und lauscht weiter.

„Nein, was denn?", fragt Leo.

„Eine Stimme, es ist schon das dritte Mal. Vielleicht ist das Linda."

„Du denkst viel an sie, da kann es schon mal vorkommen ..."

„Das ist nicht nur meine Fantasie! Manchmal weiß ich auch, was Lukka gerade denkt, als würde sie es mir mitteilen."

„Macht es dir Angst?"

„Nein, es fühlt sich gut an."

„Hmm, das ist medizinisch nicht möglich, aber du bist ein Mars-Kind, wer weiß, was in deinem Gehirn hier schon alles passiert ist. Außersinnliche Wahrnehmungen? Du solltest Karen danach fragen, die kennt sich da eher aus."

Loran nickt und fragt grinsend: „Bin ich ein Freak, Doktor Leo?"

„Das habe ich nicht gesagt!"

Loran wendet sich wieder seiner Aufgabe zu, puzzelt Knochen, Sehnen und Muskeln zusammen und fragt sich, wie sich sein Körper wohl auf der Erde anfühlen würde; schwerer bestimmt und vielleicht stärker.

Rick ist gerade beim ersten Streckenposten angekommen. Für den doch sehr langen Weg zwischen der kleinen Stadt Jezera und der Industriestation H3 hat die Marsbehörde drei Streckenposten eingerichtet. Dort gibt es eine kleine Unterkunft mit Übernachtungsmöglichkeit, Strom, Tanks mit Wasser, Sauerstoff und Treibstoff und gefriergetrocknetes Astronautenessen. Vor allem die Lastfahrzeuge und die Rovers brauchen diese Posten, weil diese viel langsamer vorankommen und viel länger unterwegs sind.

Von Jezera aus gesteuerte Roboter kümmern sich um diese Posten.

Ein Android, also menschenähnlicher Roboter, empfängt Rick mit einer Sprachnachricht von der Station H3. Das Mars-Funknetz ist noch in Arbeit, deshalb gibt es in großen Gebieten noch keine Funkverbindung.

Rick sucht die richtige Frequenz, um die Nachricht abhören zu können.

Es ist Sigurd. Er ist in Sorge um die Gemeinschaft im Habitat. Sie seien in großer Gefahr. Rick solle ihn und Chris bitte schnell dorthin zurückbringen.

Rick ist hin- und her gerissen. Er soll den Runner zurückbringen, das ist sein Auftrag. Er weiß, dass die Behörde etwas im Schilde führt und er weiß, dass denen alle Mittel recht sind, um das zu bekommen, was sie wollen.

Andererseits mag er die Gemeinschaft und seine Frau ist ja auch im H2. Er muss ihnen helfen.

Sein Kopf sagt, er müsse seinen Auftrag ausführen, doch ruft sein Gefühl: „Fahr zurück!" Welche Entscheidung ist die Richtige?

Zum Roboter sagt er: „Sprachnachricht an Sigurd, Station H3. Beginne. Ich bin in drei Stunden bei euch. Ende."

Der Roboter antwortet mit sanfter Stimme, doch ein wenig monoton: „Gebe die Sprachnachricht an Sigurd, Station H3 sofort weiter."

Er rattert ins Innere des kleinen Postens und Rick startet den Runner.

Rick im Runner

MITTENDRIN

Marty holt das gegarte Gemüse aus dem Topf und gibt eine fertige, mit Wasser aufgerührte Proteinmasse hinzu. Heute hat er keine Lust auf Fünf-Sterne-Küche. Seine Gedanken springen, als hätte er ein Trampolin im Kopf.

Seit Jahren fordern sie Unabhängigkeit von der Erde. Sie haben sich das Recht auf dieses Fleckchen Mars verdient, als die Erde sie zehn Jahre lang im Stich gelassen hat, auf Gedeih und Verderb.

Es ist doch völlig normal, alle Kolonien der Erde haben sich früher oder später von ihrem Mutterland getrennt; man kann doch Handel betreiben, und ein friedlicher Austausch von Erkenntnissen und Informationen ist für jeden von Nutzen.

Marty haut den Deckel auf den Topf, dass es nur so kracht.

Es geht, wie immer auf der Erde, nur um Macht und Geld. Und jetzt ist es so weit. Sie wussten, dass es eines Tages passieren würde.

Vor einem Jahr hat man ihnen ein letztes Angebot gemacht: die Umsiedlung nach Jezera, einen einzigen Platz im Stadtrat, eine gute Ausbildung für die Kinder.

Für jeden gäbe es eine neue Wohnung, viel bequemer als die im Habitat 2 und Arbeit in einem der Forschungszentren. Und dafür vergessen sie die Idee mit der Unabhängigkeit.

Marty hat beschlossen, doch noch einen Pudding für die Kinder zu rühren. Seine Gedanken verschmelzen mit der weichen Masse, die wie ein zähflüssiger Strudel alles auf einen Punkt bringt.

Habitat 2 ist unsere Heimat! Wir haben hier ums Überleben gekämpft, nachdem wir unsere Heimat Erde verlassen hatten. Hier bleiben wir! Und dafür kämpfen wir!

Der Pudding ist jetzt ordentlich gerührt und Marty würde nun wohl eine Piratenflagge hissen, wenn er eine hätte.

In dem Augenblick hört er, wie sich die Tür zwischen Kontroll- und Gemeinschaftsraum öffnet. Der Koch erwartet seinen alten Freund Pjotr, der jeden Morgen reinschaut und fragt, was es zu essen gibt, doch etwas ist komisch. Das sind nicht Pjotrs Schritte.

Marty dreht sich um, sieht einen fremden Mann in die Küche eintreten und erstarrt.

„Wer sind Sie? Was wollen Sie von uns?"

„Ich kann ihnen keine Auskunft geben. Ich führe hier nur meinen Auftrag aus."

Der Mann tritt näher an Marty heran; nahe genug, um ihn mit seinem Elektroschocker in die Knie zu zwingen.

Marty stöhnt und sinkt zu Boden.

Der Fremde sieht sich rasch um; die Luft ist rein. Er hebt Marty an den Schultern hoch und zieht ihn durch den Gemeinschaftsraum rüber in den Kontrollraum.

Für einen Erdling, der noch über viel Muskelmasse und Kraft verfügt, ist der gebrechliche, ältere Herr in der fehlenden Schwerkraft leicht wie eine Feder.

Er lässt ihn vorsichtig durch die geöffnete Klappe die Treppe hinunter in den Keller gleiten. Dann zieht er ihn noch ein Stück weiter den Gang herunter. Dort öffnet er mit Handerkennung eine geschlossene Tür.

Einige Meter weiter setzt er Marty ab und verschwindet wieder mit dem Gerausch der sich schließenden Tür.

Linda hat kurz das schwache Licht im Gang gesehen und sie hat gehört, wie etwas abgelegt wurde. Jetzt ist es wieder ruhig und dunkel. Linda tastet sich an der Wand näher heran, bis sie das vertraute Atmen eines Menschen hört.

Es ist Marty und er ist bewusstlos.

Lukka zupft wild an den Pflanzen herum. Sie kann es einfach nicht fassen. Jahrelang hat man sie belogen. Die Erwachsenen haben ihnen die heile Welt, in der sie sich so sicher fühlten, nur vorgespielt. Und jetzt kommt's knüppeldick.

„Ich kann verstehen, dass du wütend bist, aber die Pflanzen können nichts dafür."

Pragya versucht, das Mädchen zu beruhigen, erreicht aber immer nur einen weiteren Wutausbruch. Es ist wie ein Vulkan, der innerlich überkocht, man kann die Wolken über ihrem Kopf förmlich sehen.

„Seit Jahren wissen sie, dass wir alles verlieren werden, und sie tun nichts."

„Aber Lukka, was hätten sie denn tun können? Wir leben hier auf dem Mars, das tägliche Leben ist eine ständige Herausforderung, da kann man nicht auch noch gegen die Erde kämpfen. Sie haben getan, was sie konnten, auf legalem Weg. Nur leider haben sie sich mit einer richtig fiesen Sorte von Menschen angelegt. Die wollen die Sturköpfe jetzt loswerden. Und die sind richtig gefährlich."

„Aber du gehörst doch auch zu denen!"

Pragya ist entsetzt. „Nein! Da irrst du dich, Rick und ich haben mit deren Plan nichts zu tun. Sie wollen uns auch nur benutzen, um an ihr Ziel zu kommen. Aber wir sind auf eurer Seite, das musst du mir glauben!"

Frustriert schmettert Lukka eine der eben geernteten Zucchini an die Wand.

„Komm, wir bringen das Gemüse zum Reinigen ins Labor." Schnell schiebt Pragya den Wagen vor sich her. „Es müsste eigentlich auch bald etwas zu essen geben."

Leo und Loran erwarten sie schon im Labor. Gemeinsam reinigen sie das Gemüse und führen die üblichen Tests durch.

Loran ist ganz still. In seinem Kopf vermischen sich Lukkas Wut und Lindas Angst mit seinen eigenen Gefühlen und er weiß noch gar nicht, wie er sich dagegen wehren kann. Die Wahrnehmung der Gedanken und Gefühle anderer wird ihm jetzt doch zu anstrengend. Nach dem Essen wird er mit Karen über seine sonderbare Begabung reden. Sie muss ihm helfen.

Im Gemeinschaftsraum sind alle versammelt und bringen das Essen auf den Tisch, doch von Marty fehlt jede Spur.

Erst Linda, nun Marty. Wer wird der Nächste sein? Und wohin sind sie verschleppt worden?

Die Aufregung ist groß und die Angst wird auch immer größer.

„Wir werden ab jetzt nur noch in Gruppen oder wenigstens zu zweit bleiben, niemand darf allein herumlaufen!" Dabei sieht Pjotr die Kinder eindringlich an. „Ihr bleibt bitte stets bei mindestens einem Erwachsenen!"

Die drei nicken, sehen sich kurz an und Lukka raunt den anderen zu: „Wir sind nicht die, die aus dem Weg geräumt werden sollen. Sie haben es auf den Rat abgesehen, die Sturköpfe wie Linda und Marty."

Jen nickt weiter. „Ich werde Pjotr im Auge behalten."

„Hat Opa schon geantwortet?"

Jen schüttelt den Kopf. „Ich sag dir Bescheid, sobald eine Nachricht kommt."

Die Wirkung des Elektroschockers lässt langsam nach und Marty weiß erst mal gar nicht, was passiert ist. Er spürt eine Hand auf seinem Arm und kriegt einen Schreck, doch Linda beruhigt ihn sofort. „Ich bin's, Marty, nun mach dir mal nicht in die Hose!"

Marty ist erleichtert. „Linda? Wieso ist es so dunkel? Wo sind wir?"

„Wir müssen uns in einem der alten Gänge befinden. Es scheint auch noch alles zu funktionieren hier unten."

„Außer dem Licht. Weißt du noch, wie das hier alles zusammenhängt?"

„Nein", bedauert Linda, „das ist alles schon viel zu lange her."

„Pjotr weiß es bestimmt."

Es entsteht eine längere Pause, in der beide eigenen Gedanken nachgehen.

„Was sie wohl mit uns vorhaben?", fragt Linda leise.

Loran fängt Karen nach dem Essen ab und bettelt um einen sofortigen Termin. Karen wundert sich, aber nimmt ihn dann doch nach kurzem Überlegen mit ins Sprechzimmer.

„Was ist denn los? Machst du dir Sorgen? Eure Welt gerät gerade aus den Fugen, das ist schwer für uns alle." Dabei lächelt sie den Jungen mütterlich an.

Loran will jetzt ernst genommen werden und verkündet nicht ohne Stolz: „Ich kann Linda hören und Lukkas Gedanken lesen."

„Was?" Karen ist sprachlos, sie sieht Loran fragend an. „Im Ernst?"

„Bitte Karen, du musst mir glauben. Es hat vor Kurzem angefangen und jetzt wird mir das einfach zu viel. Ich weiß nicht, wie ich mich dagegen wehren soll, ich will das nicht alles in meinem Kopf haben."

„Verstehe", meint Karen, obwohl sie überhaupt nichts mehr versteht. Sie hat vor vielen Jahren ein Fortbildungsvideo gesehen über außersinnliche Wahrnehmung, versteckte Fähigkeiten in noch ungenutzten Hirnregionen. Das Thema hat sie sehr beeindruckt, so richtig daran geglaubt hat sie aber nie.

„Du möchtest die ungebetenen Gedanken und Gefühle draußen halten, ja? Dafür brauchst du in deinem Kopf jemanden, der die Tür bewacht. Denk dir einen Namen aus!"

Loran überlegt kurz. „Finn!" Das ist der Name seines Halbbruders auf der Erde.

„Gut, jetzt bitte Finn, niemanden hineinzulassen in deinen Kopf! Konzentrier dich auf Finn!"

Loran stellt sich den kleinen, blonden Jungen vor, die Beine fest auf dem Boden, die Arme vor der Brust verschränkt. Er stellt sich vor, wie Finn ihm versichert: „Ich passe auf dich auf, mein Bruder. Hier kommt keiner rein."

Loran hat die Augen geschlossen und lächelt. „Danke, Finn", sagt er leise.

„Glaubst du, das funktioniert?", fragt er Karen.

„Du musst fest dran glauben", antwortet diese. „Glaub an die Kraft der Gedanken, an dich und an Finn!"

Loran springt aufgeregt zur Tür. „Ich geh jetzt zu Lukka und probiere es einfach aus!", verkündet er lachend.

Er drückt den Knopf und die Sprechzimmertür gleitet zur Seite. Vor Loran steht der Fremde. Beide sind starr vor Schreck.

„Diesmal geht aber auch alles schief", denkt der Mann und schiebt Loran zurück ins Sprechzimmer.

„Dann muss ich euch jetzt wohl beide mitnehmen", meint er achselzuckend.

Karen stellt sich schützend vor Loran.

„Lassen sie den Jungen hier, er ist keine Gefahr für die Weltraumbehörde."

„Mal sehen, erst mal kommt er mit." Dabei greift er blitzschnell Karens Arm und hält ihr den Schocker an die Hüfte. Sie wehrt sich, will sich losreißen, sackt dann doch zusammen.

„Lauf weg, Loran!", krächzt sie verzweifelt, bevor es vor ihren Augen dunkel wird.

Loran ist immer noch starr vor Schreck.

„Du kommst jetzt ruhig mit, sonst spürst du den hier auch!", droht der Fremde mit dem Elektroschocker.

Loran geht langsam neben dem Mann, der Karen wie einen Sack Kartoffeln über seiner Schulter trägt. Weit und breit ist niemand zu sehen. Wo sind die alle? Am liebsten würde er laut um Hilfe rufen, doch das komische Gerät, das der Fremde nur knapp neben seinem Arm bereithält, macht ihm Angst.

Im Kontrollraum ist auch gerade niemand und der Fremde öffnet die Klappe in der Wand. Dahinter ist eine Treppe. Loran steigt vorsichtig hinab.

„Weitergehen!", befiehlt der Fremde und folgt mit Karen.

„Ich kann nichts sehen!", flüstert der Junge. Im Keller ist es vollkommen dunkel.

Der Mann schubst ihn von hinten weiter. Loran fühlt zu seiner Rechten eine Wand und tastet sich daran nach vorn.

Dann knipst der Mann eine Taschenlampe an und sie gehen weiter bis zu einer Tür.

Er legt seine Hand auf den Sensor unter dem Display und die Eisentür gleitet zur Seite in den Felsen hinein.

Hier funktioniert alles gut und der Fremde hat offenbar überall Zutritt, merkt Loran.

Er schubst ihn noch ein Stück weiter den Gang runter.

Dann wird es wieder dunkel. Der Junge hört, wie Karen abgelegt wird und die Tür sich wenig später wieder schließt.

Panik schnürt seine Kehle zu und sein Hilferuf bleibt stumm. Und doch wird er gehört.

Hinten im Garten sitzen Jen und Lukka hinter ihren Brillen, in virtuellen Welten. Jen studiert gerade, wie ein Moxie

Oxygengerät Sauerstoff aus dem Kohlendioxid zieht und Lukka erfährt, wie die Bäume diese Aufgabe auf der Erde ganz natürlich erledigen.

Plötzlich wird Lukka aufgeschreckt durch einen klaren, hellen Hilferuf von Loran.

Panisch nimmt sie die Brille vom Kopf und sieht zu Jen herüber.

Der scheint voll konzentriert zu sein.

Was war das? Hat sie sich den Schrei nur eingebildet?

Sie stupst Jen an. „Wo ist Loran?"

Jen schaltet das Video ab und klappt die Brille hoch. „Der wollte mit Karen reden, müsste aber längst auch wieder hier sein."

„Da stimmt was nicht!" Lukka steht auf. „Ich schau mal nach!"

„Ich komme mit!" Jen wirft seine Sachen auf den Tisch und eilt hinter dem Mädchen durch die Halle. Es ist überall sehr ruhig. Weder Karen noch Loran sind im Sprechzimmer.

„Hm, vielleicht beim Sport?", meint Jen.

Im Sportraum treffen sie Marelia und Lorans Mutter Adamma mit Pjotr an.

„Wir warten seit einer guten Stunde auf Karen für unseren Yogakurs", meint Adamma.

Lukka ahnt, was passiert ist. „Oh, nein!"

Schnell schauen sie bei Leo rein und finden ihn mit Pragya im Labor, jedoch keine Spur von Loran oder Karen.

„Mama und Loran sind auch weg!"

Im Keller haben Marty und Linda die Tür gehört und kurz einen Lichtschein gesehen.

„Wer ist da?", fragt Marty laut in die folgende Stille.

„Marty! Ich bin's, Loran! Und Karen ist auch hier. Aber der Mann hat sie betäubt."

„Sie wird bald aufwachen", beruhigt ihn Marty.

„Ist Linda auch da?"

„Ja", seufzt diese. Sie hat immer noch starke Kopfschmerzen von dem Schlag, den der Fremde ihr verpasst hat, und ihr Mund ist staubtrocken.

Karen regt sich, öffnet die Augen. „Wo bin ich? Wieso ist alles dunkel?", fragt sie ganz leise.

„Es gibt hier etwas Wärme und Sauerstoff, aber kein Licht; das ist wohl kaputt", knurrt Marty.

Rick ist fast am Ziel, er sieht schon die großen Tanks, in denen Treibstoff und flüssiges Wasser gelagert sind. Dann die Bohrtürme, mit denen tief im Marsboden gebohrt und geforscht wird.

Dort suchen sie nach Kupfer und Lithium und anderen seltenen Stoffen. Dafür gibt's auf der Erde eine Menge Geld. Und deswegen sollen die alten Siedler aus Habitat 2 verschwinden. „Eine Handvoll Verrückte" hat man sie bei der Behörde geschimpft. Sie seien mittelalterliche Rebellen, meinten die.

Waren sie das? Rick schüttelt den Kopf. Zehn Jahre allein auf dem Mars überleben, das ist eine beachtliche Leistung, er bewundert sie dafür. Sie haben ein Recht, sich Marsianer nennen zu wollen und eine marsianische Identität zu haben. Und sie sollen in ihrer Siedlung bleiben dürfen.

Der junge Pilot steuert den Anlegeplatz an, fest entschlossen, den verrückten Rebellen zu helfen und einer von ihnen zu sein.

Jen, Pjotr, Marelia, Adamma, Leo, Pragya und Lukka sitzen am großen Tisch im Gemeinschaftsraum und fragen sich, wie es weitergehen soll.

„Hat sich Opa immer noch nicht gemeldet?", fragt Lukka ungläubig und Adamma erwähnt, dass auch der Kontakt zum H3 abgebrochen ist.

„Wir können seit über einer Stunde dort niemanden erreichen", sagt sie.

Jen wirft Pjotr einen Blick zu und verschwindet im Kontrollraum.

„Wir haben überhaupt keine Funkverbindung!", ruft er.

„Wir sitzen in der Falle", Marelia senkt den Kopf. „Wir haben es nicht wahrhaben wollen, so wahnsinnig weit weg von der Erde. Wer sollte uns da was anhaben können, nach all dem, was wir schon gemeinsam überstanden haben? Und jetzt …"

Tränen laufen über ihre Wangen.

Pjotr klopf ihr auf die Schulter.

„Du kennst meine Devise." Er richtet sich zu voller Größe auf. „Wenn du bis zum Hals in der Kacke steckst, darfst du den Kopf nicht hängen lassen."

Adamma nickt. „Genau! Und Linda sagt immer: Solange wir atmen, leben wir! Und solange wir leben, kämpfen wir!"

„Und säubert allein zweihundert Panels", lacht Lukka, dann verfinstert sich wieder ihr Gesicht.

Wenn sie nur wüsste, wo sie jetzt sind! Ihre Gedanken kreisen um Loran und Karen, um den Schrei, den sie gehört hat. Sie versucht herauszufinden, ob es ein echter Schrei war oder nur Einbildung. Es war doch in dem Augenblick so wirklich gewesen.

Der fremde Mann hat die Nase voll. Nichts läuft nach Plan. Er sollte Pjotr noch runterbringen, die Tür vernieten und dann den Sauerstoff abstellen, jetzt hat er stattdessen ein Kind gefangen und Pjotr ist immer noch bei den anderen.

Die Zeit läuft ihm davon. Er muss jetzt handeln, damit der Rest des Plans wenigstens aufgeht.

Gut, dass er sich Zugang zu allen Türen verschafft hat; das ist gar nicht so einfach gewesen, mit den veralteten Rechnern dieser vorsintflutlichen Station. Er versteht nicht, wie man freiwillig hier leben möchte.

Vorsichtig schleicht er durch den Garten zum Treibhaus und von dort in den noch genutzten Keller. Links neben der Tür ist eine verrostete Klappe, dahinter liegt der Sensor für die Handerkennung. Ein Wunder, dass hier noch alles funktioniert.

Die Tür öffnet sich mit einem lauten Quietschen.

Dahinter verborgen sind weitere ungenutzte Keller mit viel altem Gerümpel, Teile von Robotern aus einer anderen Zeit, dann wieder eine Tür. Jetzt befindet er sich unter dem Kontrollraum.

Leise steigt er die Treppe hoch und öffnet langsam die Klappe. Wie ein Schatten schleicht der Mann zur Kontrollwand, findet schnell die richtigen Schalter und verriegelt alle Türen des Kontrollraumes.

Aus einem Versteck im Astronauten-Trainingsraum holt er einen schweren Koffer hervor. Darin ist ein automatisches Bolzensetzgerät. Damit wird er die Klappe zunieten, sodass sie keiner mehr aufkriegt.

Und dann muss er schleunigst verschwinden.

Sigurd, Chris und Rick haben die Hälfte des Weges schon zurückgelegt. Der Runner düst etwa dreißig Meter hoch über die felsige Wüste und wirbelt am Boden eine Menge Staub auf.

Keiner weiß, was los ist. Sie haben seit Stunden keinen Kontakt mehr zum Habitat 2 und sind äußerst besorgt.

„Wir müssen vorsichtig sein", meint Rick. „Der Kerl hat bestimmt eine Waffe."

Chris und Sigurd sehen sich angewidert an. Die Erde hat sie eingeholt mit ihren Waffen und Bösewichten.

Der Mars war bisher ein friedlicher Ort gewesen, obwohl der Planet nach dem Gott des Krieges benannt wurde und an sich lebensfeindlich genug ist.

Auf der Erde gehören Stehlen und Betrügen, Kriege, Mord und Totschlag zum täglichen Leben.

Mit ihrer Gier haben die Menschen die natürliche Schönheit ihres Planeten zerstört. Es sind einfach zu viele geworden und jeder wollte immer mehr haben. Die Gier nach Macht und Geld hat die Erde zur Hölle gemacht.

Und aus dieser Hölle sind sie vor 26 Jahren geflüchtet.

Marty ist unruhig. „Wir müssen hier raus. Wir wissen nicht, was der Fremde mit uns vorhat."

„Er wird uns hier verhungern lassen; warum sollte er uns sonst hier im Dunkeln einsperren?", meint Karen.

„Schneller geht's, wenn er den Sauerstoff wieder absperrt", sagt Linda. „Dieser Gang war vorher nicht mit Atemluft versorgt, der Mann hat das alles vorbereitet und muss schon lange vorher im Kontrollraum gewesen sein und ich habe es nicht einmal bemerkt."

„Wir konnten ja auch nicht wissen, dass die von der Erde tatsächlich jemanden herschicken, der bei uns einbricht und Leute entführt."

„Wir wissen jetzt, dass wir im Keller sind. Wir sollten an die Eisentür klopfen, das müsste oben doch zu hören sein", sagt Marty. „Bleib du bei Linda, Karen, ich taste mich mit Loran zur Tür."

Langsam tasten sich die beiden an der kalten, rauen Wand bis zur Tür. Da hören sie Schritte auf der Treppe und das Entriegeln der Klappe.

Still warten sie ab, die Schritte sind jetzt über ihnen, das kann nur der Fremde sein.

Dann folgt ein Knall und noch einer. Etwa fünfzehn Mal wiederholt sich dieser Lärm, als würde etwas in die Klappe geschossen werden.

„Was ist das?", ruft Linda in Panik. „Das hört sich an wie ein Bolzensetzgerät!"

„Er versiegelt die Klappe", flüstert Marty. „Da geht es jetzt nicht mehr raus."

Loran läuft es kalt über den Rücken. „Gibt es einen anderen Ausgang?"

Linda weiß, dass dieser Gang runter zur Höhle führt, dort gab es früher eine Schleuse. Dazwischen liegt mindestens noch eine Tür. Ob die Schleuse noch funktioniert? Und ohne Raumanzüge?

„Wir brauchen ein Wunder!", sagt Karen trocken und Loran hat eine Idee. Ja, es wäre doch wunderbar, wenn er jetzt mit Lukka Gedanken austauschen könnte.

Er schließt die Augen, sieht Finn vor sich und bittet ihn, Lukka in seinen Kopf zu lassen.

Ob das alles funktioniert, weiß er nicht; es ist ja auch für ihn noch ganz neu.

Dann konzentriert er sich auf Lukka. „Hilf uns!"

Marty lauscht an der Eisentür, die zu den Tanks führt. Er hört, wie sich Schritte entfernen, dann einen quietschenden Lärm, dann kommen die Schritte wieder näher.

Marty weicht zurück, die Eisentür öffnet sich und der Lichtschein einer Handlampe fällt auf die Gefangenen.

„Zurück an die Wand!", zischt der Mann. „Ich habe eine Laserwaffe!"

Starr vor Schreck drücken sich Loran und Marty an die Wand, Karen und Linda bleiben ruhig sitzen.

Dann rennt der Mann den Gang runter zum Ausgang in der Höhle.

Chris, Sigurd und Rick können die Station endlich sehen und der Pilot setzt zur Landung an. Er drosselt die Geschwindigkeit, schwebt einen Augenblick über dem kleinen Landeplatz vor der Schleuse und fährt die vertikalen Düsen runter. Der Runner sinkt langsam ab.

Damit wirbelt er so viel Staub auf, dass die drei erst mal gar nichts mehr sehen.

Vorsichtig steigen sie aus und gehen angespannt Richtung Schleuse.

Die Gruppe im Gemeinschaftsraum hört, wie sich die Türen zum Kontrollraum schließen und kurz darauf die Bolzenschüsse.

Lukka hört auch Lorans Hilferuf und diesmal ist sie überzeugt, dass es keine Einbildung ist.

„Wo seid ihr?", fragt sie laut in den Raum und die anderen sehen sie erstaunt an.

Eine Antwort kommt leider nicht, doch plötzlich sieht sie klar ein Bild der kleinen Höhle, unweit der Station, dann, wie der Mann den Gang runter rennt.

„Da muss ein Ausgang in der kleinen Höhle sein", sagt sie leise und legt den Kopf etwas schief. „Der Fremde läuft dahin!"

„Erst mal müssen wir in den Kontrollraum", meint Pjotr, „und der ist verriegelt."

Jen setzt sich an einen der Rechner im Gemeinschaftsraum.

„Ich habe den Zugang zu Lindas Rechner, damit müsste ich die Tür über einen kleinen Umweg öffnen können."

Er loggt sich schnell in Lindas Rechner ein und findet dort den virtuellen Zugang zur Kontrollwand. Dann schaltet er die Zentralverriegelung aus und schon hören sie ein Klicken und Zischen an den beiden Türen zum Kontrollraum.

Pjotr legt sofort seine Hand auf den Sensor und die Tür gleitet zur Seite.

Erleichtert fangen alle an zu reden.

„Jen, du bist genial!" Lukka schlingt ihre Arme um seine Schultern und schüttelt ihn vor Freude.

„Wie hat er das gemacht?", fragt Marelia, ganz stolz auf ihren Sohn und Adamma fragt sich, wie sie die vier Leute aus der Höhle befreien können, wenn Lukka mit ihrer Vermutung Recht hat.

Pjotr sieht Jen schräg an und fragt sich, wie der Junge in Lindas Rechner gekommen ist.

Chris ist als Erster an der Schleuse. Er gibt seinen Code ein, um das erste Tor zu öffnen, doch nichts passiert.

„Wieso geht das nicht?", schimpft er ungeduldig.

Rick probiert es auch, doch es bleibt geschlossen.

„Was ist da los?", fragt Chris.

Rick geht zurück zum Runner, versucht nochmal über Funk die Station zu erreichen, doch auch das klappt nicht.

„Lass uns runter zur Raumstation fahren. Vielleicht kann uns da jemand helfen", meint Sigurd und die anderen nicken, kaum sichtbar unter den schweren Raumhelmen.

In dem Augenblick hören sie ein Zischen.

„Das kommt von der Schleuse!", ruft Sigurd und geht eilig zurück.

Er gibt erneut den Code ein und die Tür öffnet sich mit einem noch lauteren Fauchen. Sie treten ein und warten, bis sich das Tor wieder schließt.

Tief unten im Tunnel wird der Sauerstoff knapp. Loran ist schon ganz müde.

„Nicht schlafen, hörst du!", befiehlt ihm Karen. „Sie werden uns bestimmt bald finden."

Mit letzter Kraft versucht der Junge noch einmal Lukka zu erreichen.

Das Mädchen fasst Jen am Arm. Ihr ist plötzlich schwindlig und sie hat das Gefühl, mit jedem Atemzug müder zu werden.

„Irgendwas stimmt nicht mit der Luft!", ruft sie.

Jen reagiert sofort.

„Der Halunke hat den Sauerstoff abgedreht!", ruft er Pjotr zu. „Wir müssen schnell die richtige Zufuhr finden."

Die beiden suchen die Kontrollgeräte ab.

Während ihre Augen die Kontrollwand überfliegen, denkt Pjotr laut: „Hier kommt die Hauptleitung rein, dann ist hier für jeden geschlossenen Raum des Habitats ein Ventil, die sind alle offen. Aber wo ist der Keller?"

„Vielleicht die vier Zahlen hier?" Lukka steht jetzt dicht hinter den beiden.

„Keine Ahnung, was das bedeutet, aber die sind offen."

„Vielleicht hat Linda die ungebrauchten Schalter ausgebaut", sagt Jen.

„Der Fremde muss aber vor Kurzem hier den Sauerstoff abgedreht haben", überlegt Pjotr und kratzt sich dabei am Kinn.

Seine Augen gleiten durch den Raum, als würde er etwas Bestimmtes suchen. Dabei fällt sein Blick auf Kohlendioxidzufuhr.

Vor etwa acht Jahren hat die Station einen Notfall-Moxie bekommen. Für den Fall, dass Tank oder Leitung ausfallen würden. Dafür gab es diese CO2-Zufuhr.

Pjotrs Blick bleibt am Schalter hängen, das Ventil ist offen. Irgendwo fließt das giftige Gas ein und bestimmt nicht in den Moxie.

„Sie sind in großer Gefahr", flüstert er. „Wir müssen schnell handeln, sonst ersticken sie."

„Die Sauerstoffventile eins bis vier sind offen. Nehmen wir mal an, das ist der Keller."

Er tigert durch den Raum, ordnet seine Gedanken.

„Doch statt Sauerstoff fließt Kohlendioxid rein", ergänzt Jen und sucht nach dem zuständigen Rechner.

Wie gut, dass er heimlich zusätzlich zu Lindas Gesichtserkennung auch ein Passwort eingesetzt hat. So kommt er jetzt überall rein.

Chris, Sigurd und Rick sind endlich durch die Schleuse ins Innere der Station gelangt und während sie aus ihren Anzügen steigen, werden sie von ihren Frauen über den Stand der Dinge informiert.

Innerhalb weniger Stunden ist ihre Gemeinschaft in eine lebensbedrohliche Situation geraten, durch einen Eindringling, den Rick von Jezera nach Erebus Montes gebracht hat.

„Wer war der Mann? Worüber habt ihr unterwegs geredet?", fragt Sigurd aufgebracht.

Rick hat ihn nur zur Raumstation gebracht, mehr weiß er über seinen Fluggast nicht und gesprächig war er auch nicht gewesen.

„Und mehr weißt du wirklich nicht?", fragt Sigurd in gereiztem Ton und auch Chris sieht den jungen Piloten forschend an.

„Es war ein Auftrag der IMB. Ich soll den Runner auf der Strecke nach Erebus Montes testen und einen Fahrgast mitnehmen. Das war's! Mehr weiß ich nicht!"

„Ein Auftrag der IMB! Ich könnte kotzen!", ärgert sich Chris.

„Ja, und so einen Auftrag hat der Killer auch", zischt Sigurd. „Einen verdammten Auftrag der IMB!"

„Stellt denn keiner solche Aufträge in Frage?" Chris würde am liebsten mit der Faust irgendwo reinhauen, aber er weiß, dass das nur wehtut, und rauft sich stattdessen die Haare.

Der Auftragsmörder hat mittlerweile gemerkt, dass auch mit der Rettung der verbleibenden, eingeschlossenen Siedler einiges schiefläuft.

Der Pilot Rick ist mit dem Runner 2 nicht in Jezera aufgetaucht, hat sich nur am ersten Posten eingeloggt, danach fehlt jede Spur von ihm.

Vermutlich ist er zu den anderen zurückgekehrt. Er muss noch eine Nachricht erhalten haben, bevor der Funkverkehr gekappt wurde.

Während er den Rover in Richtung Industriestation fährt, denkt er über diese merkwürdigen Bewohner des Habitats nach. Die sind unberechenbar, ticken anders, erledigen Arbeiten, die normalerweise von Robotern ausgeführt werden. Von Anfang an ist deswegen vieles anders gelaufen als geplant.

Jen hat am Rechner endlich herausgefunden, wie er die CO_2-Zufuhr stoppen kann.

„Von Loran kommt nichts mehr", flüstert Lukka hinter ihm.

„Ich arbeite daran, so schnell es geht", antwortet Jen. „Noch ein paar Klicks."

Dann sieht er zu Pjotr rüber. An der Kontrollwand leuchten Lämpchen an den Schaltern eins bis drei.

„Einschalten!", sagt er und Pjotr legt die winzigen Hebel um.

„Sauerstoffzufuhr offen", bestätigt Pjotr.

„Geschafft!" Dem sonst so coolen Jen zittern plötzlich die Hände.

„Ihr müsst sie da jetzt rausholen!" Adamma packt Lindas Anzug in eine sichere Kiste. „Ihr müsst runter zur Höhle und sehen, wie ihr da reinkommt."

Pjotr erinnert sich an den Eingang in der Höhle.

„Der Fremde ist da raus, also funktioniert die Schleuse. Jen kann uns bestimmt dort Zugang verschaffen."

Dabei sieht er den Jungen wieder schräg an. Er würde zu gern wissen, wie und wann das kleine Schlitzohr Lindas Rechner geknackt hat.

Die vier Gefangenen sind erschöpft. Karen und Marty haben mit der Müdigkeit gekämpft und versucht, Loran und Linda aufrecht zu halten. „Wach bleiben, wach bleiben!" haben sie immer wieder gesagt, doch auch sie werden zusehends schwächer und wissen, dass sie nicht mehr lange durchhalten können.

Marty weiß, dass der Gang sich langsam mit Kohlendioxid füllt und sie bald einschlafen werden. Im Schlaf werden sie dann, ohne es zu merken, ersticken. Er seufzt.

Doch Karen gibt nicht auf. „Wir halten durch, Marty! Wir werden das schaffen!"

„Wir müssen die Nase oben halten, CO2 ist schwerer als Atemluft. Linda und Loran dürfen uns nur nicht abrutschen."

Mittlerweile haben Chris, Sigurd, Rick und Leo die Anzüge wieder angelegt und vier weitere Anzüge in tragbare Kisten gepackt. Damit wollen sie zum Rover, um zur Höhle runterzufahren. Doch der Rover ist nicht da.

„Der Kerl ist mit dem Rover abgehauen und zu Fuß schaffen wir das nicht mit den schweren Kisten." Chris ist verzweifelt.

„Bleibt noch der Runner", meint Rick. „Die Strecke ist zwar eigentlich zu kurz, aber wir können eine Runde drehen und dann neben der Höhle landen."

Sie packen die Kisten rein und starten die Düsen. Sofort wird wieder eine Menge Staub aufgewirbelt, als sich das Flugzeug langsam hebt.

Jen und Pjotr finden einfach nicht heraus, wo der Funkverkehr unterbrochen wurde. Im Kontrollraum scheint alles in Ordnung zu sein.

„Unsere Antenne steht im Raumhafen, aber wo ist der Receiver?", fragt sich Jen.

„Aber ja, der Empfänger ist in der Kuppel!" Pjotr geht hastig zur Treppe und Jen läuft hinterher.

„Da, hinter der Sitzgruppe! Aber mein Rücken macht da nicht mehr mit, versuch du mal da ranzukommen!"

Jen windet sich durch die Sitze nach hinten durch und untersucht den Receiver.

„Das Stromkabel ist rausgerissen. Ich versuche, mit den blanken Enden an den Kontakt zu kommen. Hast du vielleicht ein Pflaster da?"

Lukka ist dazugekommen und hört, was gebraucht wird. Schnell läuft sie runter und holt Schere und Pflaster.

Jen grinst. „Gut, dass Linda mir einige sehr alte Tricks gezeigt hat. Ich hätte aber nicht gedacht, dass ich sie tatsächlich mal brauchen würde."

Lukka und Pjotr starren gespannt auf Jen, bis der sich umdreht und seiner Mutter zuruft: „Mama, probier mal, ob du eine Verbindung zur Raumstation kriegst."

Draußen wirbelt auf einmal eine Menge Staub auf und der Runner hebt sich auf Flughöhe.

Der Fremde flucht vor sich hin, als er den Rover zur Industriezone steuert. So war das alles nicht geplant. Er sollte die Funkverbindung zum Raumhafen wiederherstellen und dann dort abgeholt werden, aber der Zeitplan ist mit den ganzen Pannen durcheinandergeraten und er musste schnell weg, bevor im Raumhafen jemand auf die Idee kommt, zum Habitat 2 zu fahren, weil sie ja immer noch nicht erreichbar sind. Was für ein Chaos! Wie soll er das nur seinen Auftraggebern erklären?

Die Fahrt wird mehrere Stunden dauern. Und was dann? Er braucht ein schnelles Flugzeug, um zurück nach Jezera zu kommen.

Die Gefangenen im Keller sind am Ende ihrer Kräfte. Loran ist zu sich gekommen und lehnt an der Wand. Er versucht wieder Kontakt zu Lukka aufzunehmen.

Schon zum zweiten Mal geht ein Zittern durch die Wände des Ganges.

„Fühlt sich nicht wie ein Marsbeben an", meint Marty.

„Dann kann es nur Ricks Höllenmaschine sein. Die holen uns bald hier raus." Karen greift nach positiven Gedanken, auch wenn es gerade schwerfällt.

„Die Türen sind alle zugenietet, die kriegen sie nicht auf, aber der Kerl ist den Gang runter verschwunden. Und wo es raus geht, müsste man auch reinkommen."

Die Rettungsmannschaft ist unten an der Höhle angekommen. Rick hat die Maschine so nah wie möglich an den Felsen geparkt.

Sigurd übernimmt das Kommando.

„Rick, du bleibst hier, damit uns keiner das Flugzeug klaut und wir nehmen die alten Fernsprechgeräte mit, dann kannst du uns auf jeden Fall erreichen, falls noch was schiefgeht."

Rick fragt sich, ob die uralten Geräte überhaupt noch funktionieren, aber Linda hält die eigenartigsten Museumsstücke noch in Gang.

Leo sieht auf sein Armband. „Wir haben wieder Funkverbindung. Ich werde den Raumhafen um Hilfe bitten. Die sollen mit dem anderen Rover rüberkommen."

Sigurd und Chris schreiten zum Eingang der Höhle. Ein wenig mulmig ist ihnen schon zumute. Seit dem Unfall, bei dem Lindas Mann ums Leben kam, war die Höhle tabu gewesen.

„Sei vorsichtig!", rät Chris. Sigurd schreitet voran. Es liegen Felsbrocken im Eingang. Die haben sich bei Erschütterungen durch Marsbeben und Meteoriteneinschläge gelöst und versperren stellenweise den Weg. Nur langsam kommen die beiden voran. Nach links führt ein Pfad tiefer in den Felsen rein. Der scheint aber ebenfalls verschüttet.

„Da ist die Schleuse!", sagt Sigurd schließlich. „Mal sehen, ob Jen uns einen Schlüssel unter die Matte gelegt hat."

Handerkennung geht nicht, der Sensor ist total zerstört. „Zahlenkombi scheint noch möglich", meint Chris mit einem Blick auf die Tastatur.

Er ruft Leo über den Fernsprecher. „Kannst du Jen erreichen? Wir brauchen Zugang zur Schleuse."

Leo weiß gar nicht, wem er zuerst antworten soll. Der Raumhafen wüsste gern, was los ist, es sind aber auch schon zwei Astronauten mit dem Rover unterwegs zur Höhle. Marelia möchte wissen, ob Sigurd und Chris schon drinnen sind, und Chris will Jen erreichen.

Als hätte der Junge das mitbekommen, schnappt er sich von Marelia das Mikrofon und schreit: „Siebzehn null vier!"

Leo gibt die Nachricht sofort weiter. „Siebzehn null vier!", ruft er aufgeregt.

Chris tippt die vier Zahlen ein. Gut, dass es hier so trocken ist; auf der Erde wäre der Mechanismus längst verrostet. Selbst Inox.

Die Schleuse öffnet sich mit einem lauten Knirschen und die beiden treten ein. Die zweite Schleuse öffnet sich mit einem Zischen und sie betreten den leeren Raum, in dem Druck und Sauerstoff angepasst sein müssten.

Sigurd hebt den Arm und schaut auf sein Messgerät. „Der Druck stimmt, und Sauerstoff ist da, leider aber auch viel Kohlendioxid. Wir sollten uns beeilen."

Die Tür zum Gang gleitet zur Seite und sie stehen in einem Raum mit einem alten Staub-Absauger und Aufhängern für Raumanzüge. Es ist stockdunkel bis auf den schmalen Lichtstreifen von der Notbeleuchtung am Anzug. Sie gehen ein Stück durch die Dunkelheit. Die schwache Lampe reicht gerade, um einen Teil des Weges zu beleuchten. Die beiden Gestalten füllen mit ihren Raumanzügen den Gang fast ganz auf. Vor ihnen ist die Decke eingestürzt. Sigurd sieht sich den Steinhaufen genauer an.

„Hier kommen wir nur ohne Ausrüstung weiter. Da passt kein Anzug mit Tank durch."

„Leo, Rick! Hört ihr mich?", fragt Chris, doch niemand antwortet. „Na dann probieren wir das hier!" Mit plumpen Fingern drückt er die Ruf-Taste auf dem altmodischen Gerät. Erst kracht und knackt es nur mehrmals, dann ertönt eine blecherne Stimme.

„Habt ihr sie gefunden?"

„Negativ, wir kommen hier nur ohne Raumanzüge weiter. Bringt das Material rein, wir brauchen Sauerstoffmasken."

Wieder knackt es, dann folgt eine Pause und endlich antwortet Rick.

„Verstanden."

„Wir gehen zurück und ich lege den Anzug ab", sagt Chris. „Ich gehe allein weiter, wir halten Verbindung mit den alten Dingern."

Sigurd nickt. Die beiden gehen den Weg zurück. Sigurd geht weiter zur Schleuse, den Helfern entgegen, während Chris aus dem Anzug steigt. Dann wartet er, bis Sigurd zurückkommt und ihm einen kleinen Tank mit Atemluft auf den Rücken schnallt.

„Das ist für den Notfall!"

„Es ist kalt hier drin", sagt Chris und nimmt die Taschenlampe und mehrere Sauerstoffmasken mit. Schnell packt er alles mit dem alten Walkie-Talkie in eine Tasche und eilt den Gang wieder hoch.

„Pass auf dich auf!", rät Sigurd, dann ist Chris in der Dunkelheit verschwunden.

Lukka sitzt in der Kuppel und schaut runter zum Eingang der Höhle. Aus dem Runner wurden Kisten ausgeladen und jetzt kommt ein Rover vom Raumhafen her.

Unten im Kontrollraum hört sie Pjotrs laute Stimme, wie er mit dem Raumhafen redet. Lautstark ärgert er sich über die Internationale Marsbehörde, nennt sie Lügner und Banditen und erklärt immer wieder die Lage im Habitat.

Marelia und Adamma sind in der Küche und bereiten ein Abendessen vor. Im Keller gab es ja bestimmt nichts zu essen.

„Die werden einen Riesenhunger haben, nachher, wenn sie wieder hier sind."

Marelia macht sich große Sorgen. „Hoffentlich geht alles gut."
Adamma legt ihre Hand auf ihren Arm und nickt ihr aufmunternd zu.

„Sie sind bald wieder da!"

Da kommt Sigurd aus der Höhle zurück. Lukka sieht angespannt runter. „Haben sie sie gefunden? Und wo ist Papa?" Ihre Gedanken rasen.

In dem Augenblick erreicht sie wieder ein Hilferuf von Loran. Sie hält einen Moment erschrocken inne, dann zappelt sie aufgeregt herum.

„Sie sind unterwegs zu euch, hörst du?", sagt sie laut in den Raum der Kuppel. „Haltet durch, Papa ist fast da. Sie holen euch da raus!"

Sie sieht, wie die Astronauten mit den Kisten in der Höhle verschwinden.

„Loran? Hörst du mich?"

„Mit wem redest du?", ruft Jen verdutzt. Er ist unten im Kontrollraum neugierig geworden. Lukka ist doch allein in der Kuppel.

„Loran ist in meinem Kopf. Ich muss ihm sagen, dass bald Hilfe kommt."

„Hä?" Jen verdreht die Augen. Was ist denn jetzt wieder los? Spielen hier alle verrückt? Er steigt hinauf zu Lukka und sieht sie fragend an.

„Er kann meine Gedanken lesen, ich habe es schon ein paarmal gemerkt."

„Na, wenn du so laut denkst wie eben, kann ich sie auch lesen", bemerkt Jen kopfschüttelnd und schaut hinaus zur Höhle. Dort stehen nun der Flieger, der Rover und zwei Astronauten. Ein anderer ist zu Fuß unterwegs zur Höhle.

„Was, wenn sie gar nicht da drin sind?", fragt er sich.

„Quatsch, natürlich sind sie da und sie werden bald gerettet. Du wirst schon sehen!"

Die beiden schauen gebannt auf den Eingang der Höhle, wie eine Katze auf ein Mauseloch.

Chris hat sich durch die Felsbrocken geschlängelt, in der Hoffnung, dass da nicht noch mehr runterkommt. Dann geht er vorsichtig den Gang weiter hoch bis zur Tür. Auch diese öffnet sich mit dem Zahlencode.

„Jen, du bist genial!", flüstert Chris, als die Eisentür mit einem Knirschen zur Seite gleitet.

Als es wieder ruhig ist, hört er Stimmen. Er geht schneller, doch auch da liegen Steine auf dem Weg und er muss aufpassen, wohin er tritt. Aber jetzt hört er Karens Stimme und ihm fällt ein Stein vom Herzen.

„Karen? Ich bin bald bei euch!" Seine Stimme klingt ganz undeutlich hinter der Sauerstoffmaske.

Endlich hört er alle reden; er ist fast da. Im Schein seiner Lampe erkennt er die erschöpfte Gruppe. Sie stehen aufrecht, an die Wand gelehnt, steif vor Kälte und Müdigkeit.

Chris nimmt die Sauerstoffmasken aus seiner Tasche und schließt die Schläuche an den kleinen Tank an.

„Atmet erst mal ruhig durch, damit ihr wieder wach werdet. Was ist mit Linda? Ist sie verletzt?"

Karen nickt. „Sie hat einen schlimmen Schlag auf den Kopf bekommen, ihr ist schwindlig und übel, wohl eine Gehirnerschütterung."

„Ich habe Durst, hast du Wasser dabei?", fragt Loran.

„Nein, aber ich nehme dich jetzt zuerst mit raus, dann kriegst du Wasser und dann komme ich mit Verstärkung zurück. Es wird nicht lange dauern."

Er umarmt seine Frau, nimmt noch mal Luft und legt die Maske ab. Der Tank bleibt da.

„Komm Loran, wir müssen uns beeilen!"

Chris greift den Jungen unter die Arme und zieht ihn mit sich den dunklen Gang herunter. Als sie sich durch die Felsbrocken zwängen, merkt Chris, wie ihm schwindlig wird, sie müssen schnell aus dem Gang raus.

„Wir sind bald da!"

Sie stolpern noch etwa hundert Meter weiter. Da sieht er endlich Licht, der leere Raum hinter der Tür ist jetzt ziemlich gut beleuchtet. Zwei Anzüge hängen bereit und Sigurd kommt ihnen entgegen. Er nimmt Loran in den Arm und führt ihn zu seinem Anzug.

„Bald bist du in Sicherheit, Junge!"

Chris hängt sich kurz an den Sauerstoff, dann schildert er den anderen die Lage.

Leo ist gerade angekommen. Er wollte nicht tatenlos zusehen und ist zu Fuß zur Höhle gegangen.

Sie werden Karen und Marty holen und danach Linda. Leo wird sich so lange um sie kümmern.

Chris hängt sich einen weiteren Sauerstofftank an und verschwindet wieder im dunklen Gang. Leo bleibt dicht hinter ihm.

„Da passiert jetzt was!", ruft Jen auf einmal. „Da, sieh nur! Der Kleine da, das muss Loran sein!"

Lukka sieht auch die drei Astronauten aus der Höhle kommen, es sind zwei große und ein kleiner.

Die beiden Großen helfen dem Kleinen, in den Rover zu klettern, dann setzt sich das Fahrzeug in Bewegung.

Jen und Lukka stürmen runter in den Kontrollraum.

Pjotr legt gerade den Kopfhörer ab, als er die beiden auf der Treppe sieht.

„Loran wird in ein paar Minuten hier sein", sagt er erleichtert und geht zur Küche. „Ich sag Adamma Bescheid."

Der Fremde ist auf halbem Weg, als er die Staubwolke am Horizont entdeckt.

Das hat gerade noch gefehlt, ein Staubsturm auf dem Mars ist eine ernste Gefahr. Der Wind ist zwar nicht so heftig wie auf der Erde, doch der Staub kann einem total die Sicht nehmen und das oft tagelang.

Die Richtung hat er wohl einprogrammiert, doch mit dem Sand und Staub, der herumwirbelt, wird der GPS zeitweilig ausfallen, dann kann der Rover von der Piste abkommen, Hindernisse nicht erkennen oder aus Sicherheitsgründen einfach stehenbleiben.

Daran will er jetzt gar nicht denken.

Er muss die Industriezone erreichen, bevor der Sturm ihn erreicht.

Im Habitat 2 ist die Freude riesig. Der arme Loran wird erst von seiner Mutter fast zu Tode geküsst, dann von Jen und Lukka fest gedrückt, geschüttelt und umarmt.

Marelia gibt ihm einen Becher Tee in die Hand und Loran trinkt gierig. Dann fallen ihm die Augen zu.

„Ich bin so schrecklich müde", gähnt er. „Ich will jetzt schlafen und morgen dürft ihr mich dann ausfragen."

Lukka hätte zwar gerne alles gleich erfahren, doch sie versucht zu verstehen. Wie würde sie sich an seiner Stelle fühlen?

Pjotr sitzt wieder am Funk und redet mit dem Fahrer des Rovers.

„Danke, wir empfangen sie an der Schleuse."

Er dreht sich zu den Kindern um.

„Würdet ihr euch bitte um Karen und Marty kümmern? Die kommen gerade an."

„Klar!" Lukka ist schon auf dem Weg zur Schleuse.

„Was ist mit Linda?", fragt Jen besorgt.

„Linda ist verletzt und sehr schwach aber sie holen sie gerade raus. Mach dir keine Sorgen, sie wird auch bald hier sein", beruhigt ihn Pjotr.

Chris, Sigurd und Manuel, ein herbeigeeilter Techniker der Raumstation, haben alle Hände voll zu tun. Linda kann sich kaum aufrechthalten. Sie schleppen sie den schmalen Gang herunter bis zu den Felsbrocken und reichen sie dann mit viel Mühe durch die schmale Öffnung hindurch.

„Wir sind fast da", keucht Sigurd und Linda versucht sich noch einmal aufzurappeln.

Leo kommt mit einem Behälter mit Wasser zurück.

„Sie ist vollkommen ausgetrocknet und muss erst etwas trinken."

Sie greift durstig nach dem Wasser und nimmt einen großen Schluck. Das Wasser läuft wunderbar kühl durch ihren trocknen Hals.

„Nicht zu viel auf einmal", mahnt der Doktor und geht vor ihnen den holprigen Pfad wieder herunter. Kurz danach sieht Linda endlich das Licht am Ende des Ganges.

Mit viel Mühe schafft sie es in den Raumanzug. Die Männer setzen sie auf einen kleinen Lastenroboter und der fährt sie langsam und quietschend zum Rover.

Karen und Marty sind erschöpft, durstig und hungrig.

„Wie lange waren wir eigentlich da unten?", fragt Karen, während sie gierig ihre Suppe löffelt. „Es kommt mir vor wie eine Ewigkeit."

„Ihr wart etwa sechs Stunden weg", antwortet Marelia. „Bei Linda waren es dreißig Stunden."

„Mit einem Schlag auf den Kopf, die Arme", fügt Marty leise hinzu.

Marelia legt ihre Hand auf seinen Arm.

„Sie ist stark, sie schafft das."

Der flüchtige Kerl im Rover kann schon in der Ferne die hohen Türme der Industriezone erkennen, als ihn von der rechten Seite der Sturm mit voller Wucht erwischt. Innerhalb von Minuten verdunkelt sich der Abendhimmel, Staub und Sandkörner hüllen den Rover total ein. Die Staubwischer helfen da gerade auch nicht mehr.

„Fahr jetzt einfach weiter!", befiehlt er dem Rover, doch der wird immer langsamer, bis er wenige Minuten später einfach stehen bleibt.

„Nein, nein, nein!", schreit der Mann und haut mit der Faust auf die Konsole.

Solche Stürme können sich schnell wieder verziehen, sie können aber auch sehr lange anhalten ... Tage, Wochen, Monate.

Er kann jetzt nicht tatenlos dasitzen und warten. Er muss handeln. Dann muss er es eben zu Fuß schaffen, es ist ja nicht mehr so weit.

Den Bordcomputer mit Navigator und Funksprechanlage kann man ausbauen und in einer Tragetasche mitnehmen. Das ist für Forscher sehr praktisch, wenn sie sich in unwegsame Gelände wagen.

Er hängt sich die Tasche um und steigt aus dem schützenden Rover. Der Wind ist stärker, als er dachte, mit den Stürmen auf der Erde jedoch nicht zu vergleichen.

Dann marschiert er los.

Die Siedler von Habitat 2 sind erleichtert. Die Gefangenen sind gerettet, Linda ist versorgt und schläft erstmal.

Die Helfer konnten sie gerade noch reinbringen, bevor der Sturm losging. Manuel und Alexis von der Raumstation sind vorläufig Gäste im H2, bis sich das Unwetter gelegt hat.

Und die Nachricht von Opa ist auch endlich angekommen.

Lukka hat ihrer Mutter erzählt, dass sie Opa um Hilfe gebeten hat, um zu wissen, was los ist. Jetzt sitzen alle gespannt vor dem Bildschirm.

Die Verbindung ist sehr schlecht, wegen des Sturms. Es kommt erst mal nur Rauschen, dann endlich Opa.

„Lukka!" Er ist ganz aufgeregt. „Was du mir da erzählst, macht mir große Sorgen. In den Mars News berichten sie, es habe folgenschwere Pannen in eurer Station gegeben. Die Überlebenden würden auf schnellstem Weg nach Jezera gebracht werden."

Er macht eine kurze Pause, blickt dann wieder auf.

„Ich weiß nicht, ob du diese Nachricht noch erhältst, aber so wie du die Lage heute Morgen geschildert hast, geht es da oben auch nicht mit rechten Dingen zu."

Er ist sichtlich in Sorge.

„Ich habe Stiv gebeten, mehr herauszufinden. Bitte melde dich, sobald du kannst!"

Er hebt kurz die Hand zum Gruß, dann ist er weg.

Opa grüßt

Alle reden durcheinander. Sie sind empört über die Art und Weise, wie sie aus dem Weg geräumt werden sollten. Die Arroganz der Erdlinge hat wohl keine Grenzen. Aber so schnell werden die uns nicht los! Pjotr und Marty fühlen sich bestätigt; diesen Kampf wollen sie gewinnen.

Karen schiebt Lukka und Jen zur Seite und setzt sich selbst vor den Bildschirm.

„Ich muss Opa sofort eine Nachricht zurückschicken!"

Noch bis tief in die Nacht sitzt der erweiterte Rat zusammen. Sie brauchen einen Plan, müssen wissen, wie sie jetzt vorgehen.

Der Plan der IMB ist ja offensichtlich gescheitert, nur weiß das auf der Erde noch keiner. Sie werden es also sicher erneut versuchen.

Wo ist der Mann hingekommen? Pjotr hat auf der Raumstation und im Industriegebiet nachgefragt, niemand hat ihn aufgenommen.

Sie müssen weiterhin wachsam bleiben, er könnte noch in der Nähe sein, oder sogar in der Station.

Vorsichtshalber sperrt Jen alle Zugänge und gibt sie nur an Befugte wieder frei.

Pjotr ist beeindruckt vom Computerwissen des Jungen.

„Wo hast du das alles gelernt?", möchte er wissen.

„Ich interessiere mich halt dafür", antwortet Jen mit seinem smarten Grinsen.

„Und vor allem möchte ich wissen, wie du in Lindas Rechner gekommen bist."

Das möchte der Junge jetzt aber lieber noch nicht verraten.

Der Fremde hat sich verlaufen. Seit zwei Stunden kämpft der Mann gegen den Sturm, um voranzukommen. Der feine rote Staub wirbelt um ihn herum, immer wieder muss er um Felsbrocken herumgehen, dann die Richtung wieder neu bestimmen. Irgendwo muss er sich geirrt haben und jetzt geht er neben der Piste, das Gelände ist uneben und von Steinen übersät. Von der Station ist nichts mehr zu sehen.

Er müsste schon ganz in der Nähe sein, versucht immer wieder über Funk, jemanden zu erreichen. Endlich antwortet jemand.

„Hier Station Industrie H3, ich höre."

„Hilfe!", keucht der Mann. „Ich bin hier draußen, ihr müsst mich hier abholen, ich schaffe es allein nicht."

„Geben sie mir ihre Position."

„Das GPS hat Aussetzer, der Sturm, ich weiß es nicht genau."

„Peilen sie den Sender an, ohne Koordinaten können wir sie nicht orten. Der Sturm ist zu dicht und es ist dunkel."

Der Mann gibt die Koordinaten auf seinem Display durch.

„Wir schicken eine Raupe raus, die fährt durch den Sturm, ist aber langsam. Bleiben sie, wo sie sind."

„Verstanden."

Dann setzt er sich erschöpft auf einen großen, flachen Stein und wartet.

Zwei Tage später hat sich der Sturm schon fast beruhigt, doch der Staub wird noch lange brauchen, um sich zu verziehen.

Karen und Marty haben sich von den Strapazen erholt, Loran ist wieder munter und selbst Linda ist auf den Beinen.

Lukka bemerkt eine neue Dynamik in der Gemeinschaft, es wird offener geredet und neue Pläne werden geschmiedet. Die Erwachsenen haben wohl gemerkt, dass die drei Jugendlichen viel herausgefunden und gelernt haben. Sie können sie nicht länger wie Kinder behandeln und müssen endlich die Karten offen auf den Tisch legen.

Linda erzählt, dass die Kinder schon vor Jahren nach Jezera zur Schule geschickt werden sollten, so wollte es die Behörde, doch die Eltern wollten ihre Kinder so lange wie möglich zu Hause behalten. Deshalb wurde beschlossen, die Befehle der IMB einfach zu ignorieren. Die Kinder sollten darüber nichts wissen, damit sie nicht auf die Idee kommen, das Angebot der IMB anzunehmen. Es wurde sicherheitshalber vom Rat verordnet, nicht über andere Stationen zu reden und auch die Informationen von außen zu unterdrücken.

Das hat auch prima geklappt, bis die Kids dann zu neugierig wurden.

Von Erebus Industrie kommt ein Funk rein, sie haben vor zwei Tagen in der Nacht von einem Unbekannten einen Hilferuf erhalten, haben ihn aber an der von ihm angegebenen Stelle nicht finden könne

„Wer ist der Mann? Jemand von euch?", fragt Nelson, der Funker aus dem H3.

„Nein, das ist bestimmt der fiese Übeltäter, der uns hier alle beseitigen wollte. Ein Gesandter der IMB."

Pjotr ballt die Fäuste. „Wo ist der Kerl jetzt?"

„Wie bitte?" Nelson verbindet diese Information mit dem Funkausfall und dem plötzlichen Aufbruch von Sigurd und Chris und versteht langsam, dass im H2 wohl etwas mehr los war.

„Wir haben ihn bisher nicht gefunden, man konnte die letzten Tage ja kaum die Hand vor Augen sehen. Wir fahren jetzt aber noch einmal mit dem Rover raus. Vielleicht lebt er ja noch."

„Sperrt ihn ein, wenn ihr ihn habt", rät Pjotr. „Das ist ein ganz übler Bursche!"

„Da würde ich jetzt aber gerne mehr darüber erfahren."

„Rick bringt Chris und Sigurd heute Morgen noch zurück, die können dir alles genau erzählen."

„Verstanden." Nelson grinst. Die schrulligen Einwohner aus Habitat 2 überraschen ihn immer wieder.

„Und Ende." Pjotr beendet die Funkverbindung. Es gibt noch Arbeit. Jen kommt gerade zur Tür rein.

„Gut!", sagt Pjotr, „Hol die anderen beiden, wir müssen die Panels entstauben. Das habt ihr doch schon gemacht, oder?"

Jen ist entsetzt. „Oh nein, nicht die Panels!"

„Du willst es doch schön hell und warm haben, nicht wahr?"

„Aber da muss es doch andere Möglichkeiten geben als dauernd Panels zu entstauben."

„Oh, ja, die gibt es. Aber nicht hier bei uns. Also los!"

Karen sendet eine längere Sprachnachricht an ihren Bruder Stiv. Er ist Journalist und hat die Möglichkeit, die Wahrheit über diese Aktion der Marsbehörde auf der Erde zu verbreiten. Allerdings bringt er damit sich und ihren Vater in Gefahr, denn Pressefreiheit gibt es seit dem großen Krieg ja nirgends mehr.

Karen seufzt. Sie sieht leider keine andere Möglichkeit, die Wahrheit ans Licht zu bringen und die IMB muss doch irgendwie zur Rechenschaft gezogen werden.

aLLES GUT?

Zwei Wochen später.

Im Habitat 2 läuft alles seinen gewohnten Gang. Allerdings ohne die vorher übliche Geheimniskrämerei oder zumindest etwas weniger.

Die Marsbehörde wird sich vor dem Westlichen Gericht verantworten müssen und der Antrag auf Unabhängigkeit wurde angenommen. Es wird endlich verhandelt, wie es mit den ersten unabhängigen Marssiedlern weitergehen soll.

Der Fremde wurde erst drei Tage nach dem Sturm auf einem Geröllfeld neben der Piste gefunden. Er lag zwischen den riesigen Steinen und war wohl in der Nacht des Sturms erstickt. Ironie des Schicksals.

Als Anerkennung für das, was sie geleistet haben, sollen Jen, Lukka und Loran mit Rick zu den anderen Erebus Montes Habitaten fliegen dürfen und sich endlich moderne Technik ansehen können. Sie haben dann den Wunsch, Jezera zu besuchen, gleich mit drangehängt.

„Na, na, wir wollen aber nicht übertreiben", meint Linda und tauscht einen verstohlenen Blick mit Karen aus.

Die Autorin

Angie Schneider, geboren 1962 in Luxemburg,
besuchte nach dem Abitur zwei Jahre lang eine
Kunsthochschule. Ihr beruflicher Weg führte sie
zunächst durch verschiedene Jobs, bevor sie sich
der Familie, ihren zwei Kindern, widmete. Seit
über 25 Jahren ist sie als Lehrbeauftragte an einer
Grundschule tätig.
Ihre Leidenschaft für Geschichten begleitet sie seit
ihrer Kindheit, als sie eine besondere Vorliebe für
Märchen, Fantasy und Science-Fiction entwickelte.
Als Lehrerin und Mutter bringt sie diese Begeisterung nicht nur im Marionettentheater, wo sie selbst
gerne spielt, sondern auch im Schultheater und in
ihren Schulklassen ein.
In ihrer Freizeit liebt sie Musik, Lesen, Tanzen – und
natürlich auch das Schreiben. Außerdem wird sie
von Freunden und Familie als gute Zuhörerin ge-
schätzt.

Der Verlag

*Wer aufhört
besser zu werden,
hat aufgehört
gut zu sein!*

Basierend auf diesem Motto ist es dem novum Verlag ein Anliegen, neue Manuskripte aufzuspüren, zu veröffentlichen und deren Autoren langfristig zu fördern. Mittlerweile gilt der 1997 gegründete und mehrfach prämierte Verlag als Spezialist für Neuautoren in Deutschland, Österreich und der Schweiz.

Für jedes neue Manuskript wird innerhalb weniger Wochen eine kostenfreie, unverbindliche Lektorats-Prüfung erstellt.

Weitere Informationen zum Verlag und
seinen Büchern finden Sie im Internet unter:

w w w . n o v u m v e r l a g . c o m